Marliese Arold

# *Der magische 8. Tag*

Bereits erschienen in der Serie **Der magische achte Tag:**
Band 1: Verborgene Kräfte
*Band 2: Dunkles Geheimnis*

Marliese Arold

# Der magische 8. Tag

## DUNKLES GEHEIMNIS

BAND 2

EDEL : KIDS

Der magische 8. Tag
Dunkles Geheimnis
ISBN 978-3-96129-066-6

Edel:Kids Books
Ein Verlag der Edel Germany GmbH

www.edel.com
3. Auflage 2020

Projektkoordination: Christiane Rittershausen
Text: Marliese Arold
Umschlaggestaltung: Geviert Grafik & Typographie
unter Verwendung von Motiven von © EVA105/Shutterstock
und © iktash/Shutterstock
Layout und Satz: Uhl + Massopust, Aalen
Herstellung: Frank Jansen
Druck und Bindung: GGP Media GmbH, Pößneck



Printed in Germany

# Inhalt

# Ein schrecklicher Zwischenfall

»Au!« Laura starrte auf ihre Hand. Blut tropfte von ihrem Finger herunter. Sie hatte sich beim Kartoffelschälen geschnitten.

»Lass mal sehen!« Shirin war sofort an Lauras Seite. »Wir brauchen ein Pflaster für dich.« Suchend sah sie sich um und seufzte tief.

Laura kramte ein unbenutztes Papiertaschentuch aus ihrer Hosentasche und wickelte es um ihre Hand. Der Schnitt tat nicht sonderlich weh, aber vom Küchendienst war sie jetzt hoffentlich befreit. Nicht, dass sie sich extra geschnitten hätte!

In der Feenküche herrschte Chaos pur. Der Raum war so niedrig, dass die Mädchen die Köpfe einziehen mussten. Die runden Schränke bestanden aus ausgehöhlten Baumstämmen und hatten keine Tür. Innen stapelte sich das Geschirr, aber ohne jegliche Ordnung. Die kleinen Feen schienen jedoch genau zu wissen, wo ein bestimmter Teller oder Topf stand.

Im Moment befanden sich neun dieser magischen Wesen in der Küche. Sie waren ungefähr so groß wie Babypuppen, und um die Arbeitsplatte zu erreichen, mussten sie sich auf einen Hocker stellen. Es machte Laura total nervös, wenn eine Fee neben ihr oder hinter ihr herumwuselte. Manche Feen flogen auch durch die Küche, um Sachen herein- oder hinauszubringen, und es hatte schon fast zwei Beinahe-Crashs gegeben. Die Feen stießen beim Fliegen oft einen schrillen Warnton aus, der Trommelfelle und Nerven zum Flattern brachte. Laura hatte sich den Küchendienst angenehmer vorgestellt. Leider war sie von Magistra Elisa dazu verdonnert worden, den Feen einen ganzen Vormittag lang zu helfen. Zum Glück standen Anouk und Shirin Laura zur Seite, während sich Merle vor der Arbeit gedrückt hatte.

»Jetzt könnten wir Merle gut gebrauchen«, murmelte Laura und presste die Hand auf das Papiertaschentuch. Merle könnte in Windeseile ihre Verletzung heilen. Sie hatte das Talent dazu. Shirins Begabung dagegen war, das Wetter zu beeinflussen. Anouk konnte schweben. Laura war schon ein wenig neidisch auf ihre Zimmergenossinnen gewesen, weil jede von ihnen eine besondere Begabung hatte. Aber seit wenigen Stunden wusste

Laura, dass sie auch ein Talent besaß: Sie konnte Gedanken lesen! Bisher nur manchmal und auch noch nicht perfekt, aber immerhin!

»Hier gibt es wahrscheinlich nirgendwo ein Pflaster«, meinte Shirin, die schon in etliche Schränke gesehen hatte. »Die Feen heilen ihre Schnittwunden vielleicht mit ihrer grünen Spucke, wer weiß.«

»Igitt!« Laura schielte nach links, wo eine Fee in einem Affentempo mit einem viel zu großen Messer Kräuter zerhackte. Dabei hatte sie eine so grimmige Miene aufgesetzt, als würde sie einen Feind zerstückeln.

Die Feen waren geheimnisvolle Geschöpfe mit weißer, fast durchsichtig wirkender Haut. Jede Fee hatte leuchtend blaue Augen und eine niedliche Stupsnase. Ihre Gesichtchen hätten wunderschön sein können, wären da nicht die Zornfalten und zusammengekniffenen Lippen gewesen. Schlechte Laune schien bei ihnen an der Tagesordnung zu sein. Außerdem wirbelten die Feen ständig hektisch herum. Sie schienen dabei keinerlei System zu haben, trotzdem wurden die Mahlzeiten immer pünktlich fertig.

»Also mir reicht's jetzt!« Shirin knallte den Spülschwamm in eine Schüssel. »Ich habe sowieso das Gefühl, dass wir hier mehr stören als helfen. Laura und Anouk – kommt ihr mit?«

In diesem Moment begann der Küchenboden unter

ihnen, leicht zu vibrieren. Laura klammerte sich automatisch an eine Tischplatte. Sie ahnte, was das Beben zu bedeuten hatte: Die magische Welt, in der sie sich gerade befand, wurde für einige Sekunden instabil!

Und so war es auch. Das Beben nahm zu, und die Wände wurden für einen Moment durchsichtig. Die Küchenfeen kreischten noch lauter als sonst. Geschirr fiel zu Boden, ein Kürbis kullerte über den Tisch, Pfannkuchen flogen umher, und von der Decke bröselte der Putz.

Es kam Laura wie eine Ewigkeit vor, dabei hatte der Spuk höchstens zehn Sekunden gedauert. Danach war alles wie zuvor – oder auch nicht. Die Wände in der Küche waren wieder massiv, aber im Mauerwerk waren einige deutliche Risse zu sehen.

Die Feen schienen wenig beeindruckt zu sein. Sie begannen schon mit den Aufräumarbeiten. Eine Fee flog sogar schon mit einem Gipsbecher durch die Gegend, um die Risse zuzuspachteln.

Anouk presste die Hände auf die Brust. »Ich habe mich so erschrocken! Was passiert hier? Wir hatten das in der letzten Zeit schon ein paar Mal, aber so schlimm wie heute war es noch nie!«

Shirin rannte schon aus der Feenküche. Laura folgte ihr, obwohl sie spürte, dass die rosa Pantoffeln an ihren Füßen Widerstand leisteten. Klar, sie waren »magisch programmiert«, damit Laura in der Feenküche blieb und ihre Strafe abarbeitete.

Es war, als klebten die Pantoffeln auf dem Boden. Als Laura einmal fast stürzte, wurde es ihr zu bunt. Sie schlüpfte aus den Schuhen und nahm sie in die Hand. Anouk hinter ihr machte es ihr nach.

Shirin blieb so plötzlich stehen, dass Laura in sie hineinlief.

»Oje!«, stöhnte Shirin laut.

»Was ist los?«, fragte Laura.

»Da ... liegt ... Mäxchen!« Shirin bückte sich.

»Mäxchen?«, schrie Anouk voller Panik. Mäxchen war ihr kleines zahmes Seidenäffchen. Es war neugierig und frech und hatte die Mädchen schon oft zum Lachen gebracht.

Shirin drehte sich um. In der Hand hielt sie ein goldgelbes Fellbüschel. Laura sog vor Schreck die Luft ein. Sie sah, dass Mäxchens Kopf unnatürlich zur Seite hing. Das seidige Fell war voller Blut ...

»O nein!« Anouk presste die Hände auf den Mund. Ihre Augen füllten sich mit Tränen.

Shirin schluckte. »Ich fürchte ... es ist ... Ich habe nichts gemacht, es lag einfach so auf der Treppe! Es tut mir so leid!«

Anouk streckte die Hände aus, und Shirin legte das leblose Äffchen hinein. Anouk schluchzte laut. Tränen rannen ihr über die Wangen. Auch Laura begann zu weinen. Das süße kleine Äffchen! Hoffentlich war Samson nichts zugestoßen! Der schwarze Kater strolchte sicher wieder irgendwo im Schloss herum.

Anouk sprach keinen Ton, bis die Mädchen ihr Zimmer erreichten. Merle war nicht da. Shirin schaute gleich unter ihr Bett, um sich zu vergewissern, dass es ihrer Schildkröte Euphemia gut ging. Der Kater Samson rekelte sich faul auf Lauras Bett. Laura fiel ein Stein vom Herzen.

Anouk hatte auf einem Stuhl Platz genommen. Unaufhörlich streichelte sie das tote Äffchen, als könnte sie es so ins Leben zurückbringen. Shirin wollte tröstend den Arm um sie legen, aber Anouk schüttelte ihn ab.

»Warum ausgerechnet Mäxchen? Warum? Er war doch noch so jung. Warum habe ich ihn nur mit in den Keller genommen? Wäre er hier im Zimmer geblieben, wäre er jetzt noch am Leben …«

»Du darfst dir keine Vorwürfe machen«, sagte Laura. »Du weißt doch so gut wie ich, dass sich Mäxchen nicht hat einsperren lassen. Er wollte nichts verpassen! Und wenn du ihn nicht mitgenommen hättest, dann wäre er dir trotzdem gefolgt.«

Anouk nickte und schluchzte lautlos. Shirin hielt ihr hilflos eine Schachtel Papiertaschentücher hin. Anouk langte hinein, holte ein Tuch heraus und putzte sich die Nase.

»Wir müssen Mäxchen begraben«, sagte sie dann mit tonloser Stimme. »Ich … ich habe überlegt, ob ich ihn dazu in die reale Welt zurückbringe. Aber er ist hier gestorben … und vielleicht … vielleicht ist seine Seele noch hier. Und deswegen …«

Laura spürte einen Druck auf der Brust. Es war so traurig, mit ansehen zu müssen, wie Anouk litt. Vielleicht würde es Anouk tatsächlich helfen, Mäxchen zu begraben. Dann konnte sie das Grab immer besuchen und sich daran erinnern, was für ein fröhliches Äffchen Mäxchen gewesen war.

»Hast du schon einen Platz im Sinn?«, fragte Shirin behutsam.

»Am Ufer des Sees«, murmelte Anouk. »Da haben wir zuletzt gespielt, Mäxchen und ich. Ich hab einen kleinen Ball geworfen, und den hat mir Mäxchen immer wieder zurückgebracht.« Ihre Lippe zitterte bei dieser Erinnerung. Laura sah, wie Anouk erneut gegen eine Tränenflut kämpfte. Sie streichelte mitfühlend ihren Arm.

Anouk stand auf. »Am besten machen wir es gleich.« Sie ging zu ihrem Teil des Schranks, öffnete die Tür und nahm einen türkisfarbenen Schal heraus, in den sie das tote Seidenäffchen wickelte.

Wenig später standen die drei Mädchen am Ufer des Sees, der das Schloss der Ewigkeit umgab. Wie immer sah das Wasser dunkel und gefährlich aus. Am Grunde des Sees lebten unheimlich Kreaturen, mit denen man besser keine Bekanntschaft machte.

Shirin hatte einen kleinen Spaten dabei, den sie sich von einem der Feenmänner ausgeliehen hatte. Sie lief am Ufer hin und her und stieß den Spaten immer wieder probeweise in die Erde.

»Ziemlich hart hier. Alles voller Wurzeln. Vielleicht sollten wir uns doch lieber einen anderen Platz suchen«, meinte sie.

»Was macht ihr hier?«, fragte eine Stimme hinter Anouk und Laura.

Es war Merle.

»Mäxchen ist tot«, sagte Anouk. »Er ist ums Leben gekommen, als es vorhin wieder diese… Turbulenz gab.«

Merle zog die Augenbrauen zusammen. Sie streckte die Arme aus.

»Gib mir das Äffchen.«

Anouk zögerte. »Warum?«

»Ich will es mir ansehen.«

»Na gut.« Anouk schien Merle das tote Äffchen nur ungern zu überlassen. »Aber nur kurz.«

Merle schlug den Schal zurück. Vorsichtig berührte

sie mit dem Zeigefinger das tote Tier. Anouk wurde ganz unruhig.

»Merle hat heilende Hände«, sagte Laura, obwohl ihr klar war, dass man das Äffchen nicht mehr heilen konnte. Es war mausetot. Der kleine Körper wurde bereits kalt.

Merle drehte sich um und entfernte sich ein Stück.

»Wo will sie mit Mäxchen hin?« Anouk wurde fast hysterisch.

»Bestimmt will sie sich nur in Ruhe von ihm verabschieden«, meinte Shirin. »Sie hat Mäxchen ja auch gerngehabt.« Sie legte den Arm um Anouk, die jetzt wieder furchtbar schluchzte.

»Er wird nie mehr auf meiner Schulter sitzen ... Nie mehr aus meiner Hand fressen ... Nie mehr in meinen Haaren wühlen ...«

Während Shirin damit beschäftigt war, Anouk zu trösten, folgte Laura Merle. Sie versuchte, Merles Gedanken zu lesen, um zu wissen, was sie vorhatte. Aber es klappte nicht.

Vielleicht bin ich jetzt zu aufgewühlt, dachte Laura. Ich muss ruhig und konzentriert sein, sonst funktioniert es nicht.

Merle war stehen geblieben. Laura näherte sich ihr in einem großen Bogen. Merle malte mit der freien Hand merkwürdige Zeichen in die Luft. Sie murmelte leise vor sich hin. Ihre Miene war ernst, der Blick auf das Äffchen fokussiert. Ein dunkler Falter tanzte um ihren Kopf und schien unschlüssig zu sein, ob er sich auf ihrer Schulter niederlassen sollte oder nicht.

Plötzlich glaubte Laura, eine Bewegung zu sehen. Aber das konnte nicht sein! Oder doch? Mäxchen hob den Kopf! Seine dünnen Arme fassten nach Merles Kragen. Jetzt richtete sich das Äffchen auf und blickte in Lauras Richtung.

Laura hatte die Luft angehalten. Sie traute ihren Augen nicht. Mäxchen lebte!

Merle setzte ein zufriedenes Lächeln auf, wickelte den kleinen Kerl wieder in den Schal ein und ging so zu Anouk und Shirin zurück.

»Es war nur eine Art Schockstarre«, behauptete Merle, während sie Anouk das Äffchen vorsichtig in die Hände drückte. Mäxchen schien wieder ganz der Alte zu sein; er schaute neugierig umher, knabberte vergnügt an dem Schal – war quietschlebendig. »Wahrscheinlich hat er sich vorhin furchtbar erschreckt und sich dann lieber tot gestellt.«

»Aber … da war doch Blut … und sein Genick …«, stammelte Shirin, woraufhin ihr Merle einen so eisigen Blick zuwarf, dass sie einfach den Mund zuklappte.

Mäxchen war tot, dachte Laura. Ganz sicher. Er war ja schon kalt. Wie hat Merle das gemacht?

Ein Schauder lief ihr über den Rücken. Konnte Merle nicht nur heilen, sondern auch den Tod besiegen? Laura schüttelte sich. Merle war ihr unheimlich.

Dagegen war Anouk überglücklich. Sie liebkoste das Äffchen, wiegte es im Arm und ließ es zu, dass Mäxchen auf ihren langen blonden Haaren herumkaute.

Shirin stand noch immer völlig verdattert da. Sie hielt den Spaten demonstrativ in die Höhe. »Den brauche ich jetzt wohl nicht mehr, oder?«

Erst am Nachmittag hatte Laura Gelegenheit, allein mit Merle zu reden. Diese war nicht besonders begeistert darüber.

»Was ist?«

»Wegen heute Vormittag. Mäxchen war tot, oder? Richtig tot, meine ich.«

Merle zuckte nur mit den Schultern.

»Ich will es wissen«, sagte Laura. »Du kannst nicht nur heilen. Du kannst noch mehr.«

Merle ließ sich Zeit mit der Antwort. »Und wenn?«, sagte sie dann.

»Aber Merle, das ist … das ist ja Wahnsinn!« Laura sprudelte mit einem Mal über. »Dann muss sich niemand mehr vor dem Tod fürchten! Das ist … großartig.«

Merle starrte auf ihre Hände. Ihre Miene war wieder düster, wie so oft. »Ich weiß nicht, ob das so großartig ist. Vielleicht ist es auch ein Fluch, diese Lazarus-Gabe.«

»Warum Lazarus-Gabe?«

»Kennst du nicht die Stelle in der Bibel, wo Jesus den toten Lazarus wieder zum Leben erweckt? Dabei war der schon vier Tage tot oder so.«

»Ach so, doch. Jetzt erinnere ich mich.« Ihr Vater hatte Laura die Geschichte vor einiger Zeit erzählt.

Merle hob ihre Hände hoch und sah sie so feindselig an, als gehörten sie nicht zu ihr.

»Anouk ist so froh, dass es Mäxchen wieder gut geht«, versuchte Laura, Merle aufzumuntern.

»Wenn sich das herumspricht, was glaubst du, was da los ist!«, sagte Merle leise. »Sie werden mir ihre toten Haustiere bringen. Und dann muss ich vielleicht auch Menschen…« Sie schlug die Hände vors Gesicht, ohne den Satz zu beenden. Laura hörte sie nur undeutlich murmeln. »Ich will das nicht, Laura! Diese Gabe belastet mich!«

Laura wusste nicht recht, was sie tun sollte. O ja, so eine Gabe war durchaus auch problematisch. Aber wie viel Gutes Merle damit bewirken konnte!

Merle nahm die Hände vom Gesicht. »Ich… fürchte, ich kann es auch andersherum.«

»Was meinst du damit?«, fragte Laura.

Merle sah sie nur an und sagte nichts.

*Ich kann auch den Tod bringen …*

»Du kannst …« Laura beendete den Satz nicht.

Merle nickte. »Allein mit der Kraft meiner Gedanken. Oder mit meinen Händen, ohne dass ich jemanden berühre.«

Laura schluckte schwer. »Das ist echt heftig.«

»Was glaubst du, Laura, wie große Angst ich habe, dass ich versehentlich jemanden umbringe? Ich trau mich gar nicht richtig, meine Gabe anzuwenden. Bisher habe ich es nur an Pflanzen ausprobiert. Es funktioniert. Sie verdorren, auch wenn ihnen sonst nichts fehlt.«

»Neulich … der Schmetterling auf deiner Hand …« Laura spürte wieder das kalte Gefühl, das sie damals gehabt hatte.

»Das ist mehr aus Versehen geschehen. Ich dachte, ich könnte die Zeit zurückdrehen. Ich war mir meiner Gabe nicht sicher. Glaub mir, ich bin selbst zu Tode erschrocken, als der Falter plötzlich reglos auf dem Rücken lag. Ich wollte nicht wahrhaben, dass ich daran schuld war. Ich dachte, die Lebenszeit des Schmetterlings sei eben abgelaufen gewesen. Passiert ja auch in der realen Welt. Ein Falter breitet noch einmal seine Flügel aus, dann ist er tot.«

Vielleicht funktionierte Merles Gabe ja überall, nicht nur hier. Laura hatte den Eindruck, dass jemand ihr die Luft abschnürte.

»Lass uns das Thema wechseln«, sagte sie mit gepresster Stimme.

»Nur zu gern. Und du musst mir versprechen, dass du die Klappe hältst. Verrate den anderen nichts von dem, worüber wir gerade geredet haben.«

»Versprochen!«

# Schlechte Aussichten für die Ferien

Den ganzen Nachmittag musste Laura an das Gespräch mit Merle denken. Sie war hin- und hergerissen zwischen Bewunderung und Abscheu. In einem Moment fand sie es toll, was Merle konnte, im anderen packte sie das blanke Entsetzen. Sie hätte so gern mit jemandem darüber gesprochen, um eine zweite Meinung zu der Sache zu bekommen. Aber sie musste ja schweigen …

Kein Wunder, dass sich Laura beim Unterricht kaum konzentrieren konnte. Anouk schwebte im Flugunterricht bis unter die Decke und stieß sich schmerzhaft den Kopf.

»Wo hast du nur deine Gedanken, Anouk!«, schimpfte Magistra Elisa, die sonst sehr geduldig war. Aber anscheinend hatte sie einen schlechten Tag. »Beim Fliegen muss man schon aufpassen! Und die Decke ist ja nicht erst seit heute da.«

»Entschuldigung!«, murmelte Anouk. Nach einer schnellen und ungeschickten Landung saß sie mit schmerzverzerrtem Gesicht auf der Matte und betastete vorsichtig ihre Beule.

»Nun lauf schon und hol dir aus der Feenküche Eiszapfen, damit du deine Verletzung kühlen kannst«, forderte Magistra Elisa sie auf.

»Danke«, sagte Anouk leise und ging etwas schwankend zur Tür.

»Ich geh mal lieber mit.« Shirin schloss sich ihr an. »Nicht, dass sie noch ohnmächtig wird – falls es eine Gehirnerschütterung ist.«

Magistra Elisa klatschte in die Hände. »Hallo, ihr anderen! Genug pausiert! Wir versuchen es noch einmal. Stellt euch gerade auf die Matten und breitet eure Arme nach der Seite aus. Und jetzt stellt euch vor, dass ihr schwerelos seid! Die Füße heben vom Boden ab …«

Von den restlichen sechs Schülerinnen gelang es nur Catronia zu schweben. Ihre Füße hingen ungefähr einen halben Meter in der Luft.

»Du warst schon besser, Catronia!«, rief die Magistra. »Was ist heute los mit dir?«

Catronia knallte unsanft auf der Matte auf und rieb sich das Schienbein. »Mir geht's nicht so gut.«

Magistra Elisa schüttelte den Kopf. »Ich kenne eure Welt auch, und ich weiß, dass viele Mädchen nicht am

Sportunterricht teilnehmen, weil sie Bauchweh, Kopfweh oder irgendwelche Allergien haben. In dieser Welt gibt es kein Attest, das euch von der Teilnahme am Unterricht befreit.«

Jetzt klingt sie ganz nach meiner Mutter, dachte Laura befremdet. Die Ähnlichkeit, die Magistra Elisa mit Valerie Lilienstedt hatte, war ohnehin irritierend. Sie sah aus wie eine jüngere Ausgabe von Lauras Mutter. Im Verhalten war sie bisher allerdings ganz anders gewesen – verständnisvoll, geduldig und einfühlsam. Sie hatte auch immer ein offenes Ohr für die Anliegen der Mädchen gehabt.

Laura hob den Arm. Als Magistra Elisa ihr zunickte, begann sie zu reden: »Warum müssen wir anderen hier noch immer üben? Außer bei Anouk und Catronia zeigt sich doch bei niemandem Talent zum Fliegen. Meiner Meinung nach ist der Unterricht für uns andere völlig sinnlos!«

O weh, hatte sie das wirklich gesagt! Aber das war eine Frage, die Laura beschäftigte – und wahrscheinlich nicht nur sie.

Magistra Elisa funkelte Laura leicht verärgert an.

»Nichts ist sinnlos, was ich anordne, Laura. Konzentrationsübungen könnt ihr alle gebrauchen! Außerdem kann es sein, dass sich eine Begabung erst ziemlich spät zeigt, weil zunächst eine innere Blockade überwunden werden muss. Es kann auch passieren, dass ein Talent wieder verloren geht. In dieser Welt ist alles möglich. Deswegen quäle ich euch mit diesen Übungen. Ich werde euch rechtzeitig Bescheid geben, wenn ihr nicht mehr zu meinem Unterricht kommen müsst.«

Im Saal setzte leises Gemurmel ein. Bis auf Catronia dachten alle genauso wie Laura. Warum sollte man etwas üben, was man niemals beherrschen würde? Kein Mädchen glaubte wirklich daran, eine »Spätzünderin« zu sein, was die Flugkunst betraf.

»Na gut, da heute offenbar niemand besonders gut in Form ist, beenden wir vorzeitig den Unterricht«, sagte Magistra Elisa, jetzt wieder in der gewohnten Sanftheit. »Ihr habt Freizeit bis zum Abendessen.«

Als Laura zurück ins Zimmer kam, saß Anouk auf ihrem Bett und hielt ein Handtuch gegen ihren Kopf. In dem Tuch waren Eiszapfen. Mäxchen fand das toll und zerrte immer wieder an dem Tuch, sodass einzelne Eiszapfen herausfielen. Er schnappte sich einen, flüchtete damit auf den Schrank und begann, begeistert zu lutschen.

»Tut es arg weh?«, fragte Laura.

»Es geht so«, antwortete Anouk.

»Ich kann ja mal mein Glück versuchen.« Merle, die mit Laura zurückgekommen war, trat auf Anouk zu.

Zögernd nahm Anouk das Handtuch von ihrem Kopf und ließ zu, dass Merle die Hand auf ihre Haare legte.

»Mächtige Beule«, sagte Merle. »So groß wie ein Hühnerei.«

Anouk verdrehte die Augen. »Jetzt fang schon an.«

Merle konzentrierte sich. Ihre Hand lag jetzt nicht direkt auf Anouks Kopf, sondern schwebte einige Zentimeter darüber.

Zwei blaue Falter flatterten durch das geöffnete Fenster herein und umkreisten die beiden Mädchen. Laura sah gespannt zu. Sie war innerlich völlig verkrampft, denn inzwischen hatte sie mächtigen Respekt vor Merles Fähigkeit.

Sie könnte Anouk auch schaden!, schoss es ihr durch den Kopf. Merle könnte ihre Schmerzen noch verstärken …

Sofort schämte sich Laura für ihre Gedanken. Merle war kein böser Mensch!

*Anouk traut mir seit heute Vormittag auch nicht mehr, obwohl ich ihr Äffchen gerettet habe. Und Laura guckt auch wieder ganz komisch …*

Huch! Laura zuckte zusammen. Die Stimme in ihrem Kopf hatte ganz klar gesprochen. So deutlich hatte sie noch nie die Gedanken eines anderen Menschen wahrgenommen! Offenbar stimmte es, dass sich die Fähigkeiten nach und nach verstärkten – natürlich nur, wenn man seine Gabe akzeptierte und sie auch trainierte.

»Ist es jetzt besser?«, fragte Merle.

Anouk schien einen Moment lang zu überlegen und schüttelte den Kopf.

»Dann kann ich dir auch nicht helfen«, sagte Merle mürrisch und zog sich auf ihr Bett zurück.

»Danke trotzdem für den Versuch«, sagte Anouk.

Von Merle kam keine Antwort mehr. Sie spielte mit Brutus, ihrer weißen Ratte. Diese schnupperte zuerst an Merles Bauch, dann kletterte sie hoch und kroch in den Kragen. Nur der rosa Schwanz hing noch heraus.

Der schwarze Kater Samson machte Stielaugen. Er sprang mit einem großen Satz vom oberen Stockbett und näherte sich Merle.

»Scher dich bloß zum Teufel«, knurrte diese. »Meinen Brutus kriegst du nicht! Lauf lieber in die Feenküche, dort liegt genug Zeug herum, das du fressen kannst.«

Aber Samson kletterte lieber wieder in Lauras Bett, rollte sich auf dem Kissen zusammen und schnurrte.

Laura hatte sich vorgenommen, bis Mitternacht wach zu bleiben, um den Switch in die reale Welt nicht zu verpassen. Aber eine halbe Stunde vorher fielen ihr die Augen zu, und sie träumte lauter wirre Sachen, bis sie von Amys Roboterstimme geweckt wurde.

»Auf-s-tehen, bitte!« Die Teleskoparme zogen ihr die Bettdecke weg.

»Das ist fies, Amy!«, beschwerte sich Laura. »Man

sollte dich umprogrammieren. Du solltest mich ganz sanft wecken und sagen: *Heute ist ein wunderschöner Tag, Laura! Du könntest aufstehen, aber es macht mir auch nichts aus, wenn du liegen bleibst.*«

»Nix umprogrammieren!«, brummte Amy und surrte zur Tür hinaus.

Es war ungewöhnlich ruhig in der Wohnung. Laura brauchte einen Moment, bis sie wusste, was fehlte: Elias' Geschrei. Ihr neunjähriger Bruder war noch im Krankenhaus. Er litt an ADHS und hatte sich beim Herumtoben verletzt. In dieser Woche würde er entlassen werden.

Als Laura aus dem Bad kam, telefonierte ihre Mutter bereits wieder mit dem 3-D-Telefon. Laura erhaschte einen Blick auf das Hologramm und unterdrückte ein Stöhnen. Doktor Bernd Asshoff, Mamas Chef und seit Kurzem ihr Freund. Laura mochte ihn nicht, und das nicht nur, weil sie insgeheim hoffte, dass Mama und Papa wieder zusammenkamen. Laura fand Asshoff schleimig und unsympathisch, außerdem hatte sie den starken Verdacht, dass dieser Mann zwei Gesichter besaß: nach außen hin nett und freundlich, aber in Wahrheit berechnend und eiskalt. Warum sich ihre Mutter ausgerechnet in ihn verliebt hatte, war Laura ein Rätsel. Asshoff war das krasse Gegenteil von Papa.

»Hi, Laura, möchtest du Bernd nicht kurz Hallo

sagen?«, flötete Mama und hielt das Telefon in Lauras Richtung. Holo-Asshoff verzog seinen Mund zu einem süßlichen Lächeln.

»Hallo, Laura, wie geht es dir?«

»Danke, sehr gut!«, schleimte Laura im selben falschen Tonfall zurück. »Hab nur keine Zeit, ich muss zur Schule!«

»Hab einen schönen Tag und bis bald«, säuselte Asshole, wie Laura ihn insgeheim nannte.

Wenn man einen Dartpfeil mitten in das Hologramm warf, was würde dann wohl passieren? Vielleicht funktionierte das wie beim Voodoo, und Asshole würde ordentlich Kopfschmerzen bekommen.

In der Küche hatte Amy schon das Lunchpaket für Laura vorbereitet. Sie frühstückte fast immer im Auto, weil morgens fast nie genug Zeit war. Auch für Elias lag ein Lunchpaket bereit.

»O Amy, Elias ist doch noch im Krankenhaus«, sagte Laura, woraufhin Amy das überzählige Paket schnappte und mit Wucht in den Mülleimer warf. Konnten sich Roboter ärgern? Es hatte jedenfalls so ausgesehen.

»Laura, wir müssen los«, drängte ihre Mutter, die endlich aufgehört hatte, zu telefonieren.

»Vergiss nicht, Samson zu füttern«, sagte Laura zu Amy, dann verließ sie mit ihrer Mutter die Wohnung.

Kurz darauf saßen sie in dem selbstfahrenden Auto,

das Laura zur Schule und Mama in die Firma TEMP brachte. Laura packte ihr Lunchpaket aus, und Valerie Lilienstedt trank ihren unvermeidlichen Kaffee, ohne den sie offenbar nicht leben konnte.

»Was hast du eigentlich gegen Bernd?«

»Nichts, Mama.«

»Dann könntest du ruhig ein wenig netter zu ihm sein. Er soll nicht denken, dass du so ein ekelhafter Teenager bist, wie man ihn in manchen *Netstream*-Serien sieht.«

Laura verschluckte sich fast an ihrer Mohrrübe. Im Vergleich zu Elias war sie ja wohl harmlos!

»Ich finde einfach, dass er nicht zu dir passt, Mama!«

»Woher willst du das wissen? Du kennst ihn ja kaum.«

Laura zuckte mit den Schultern.

»Du wirst ihn schon noch mögen«, sagte Valerie Lilienstedt zuversichtlich. »Damit ihr euch besser kennenlernt, habe ich Bernd gefragt, ob du ein Praktikum bei ihm machen kannst. Nächste Woche sind Pfingstferien, und du solltest deine freie Zeit nutzen. Man kann nie genug Praktika vorweisen.«

Laura schnappte empört nach Luft. Das war wieder mal typisch Mama! Sie arrangierte etwas, ohne Laura zu fragen! Dabei hatte sich Laura schon darauf gefreut, wieder einmal ein paar Tage bei ihrem Vater verbringen zu können.

»Zu einem Praktikum bei TEMP habe ich absolut keine Lust!«, erklärte sie.

»Nicht? Schade.« Mamas Stimme klang merklich kühler. »Ich dachte, du freust dich. Normalerweise bekommt man nicht so schnell die Chance zu so einem Praktikum. Der Name TEMP macht sich sicher mal gut in deinem Lebenslauf.«

Laura hätte sich am liebsten die Ohren zugehalten und laut geschrien. Sie hasste es, wenn Mama über ihre Zukunft sprach. Ihre Mutter schien schon alles durchgeplant zu haben: Schulabschluss, natürlich möglichst mit Auszeichnung, danach ein Studium an einer der besten Universitäten. Und Ferien oder Urlaub dazwischen nutzen, um sich weiterzubilden, bis man es geschafft hatte. Geschafft hieß: genügend Knete verdienen. Jede Minute der Karriere oder seiner körperlichen Fitness widmen. Kein Platz mehr für Spaß und Spielereien, keine unsinnige Zeit verschwenden mit Träumen.

So wollte Laura niemals leben!

Sie dachte an die magische Welt des achten Tages und fühlte sich mit einem Mal leicht und frei. Der achte Tag war ihr Geheimnis. Ihre Insel. Ein Ort, an dem noch richtige Abenteuer passierten und alles möglich war …

»Hörst du mir überhaupt zu? Warum grinst du so?«

»Ich grinse nicht«, log Laura und bemühte sich, ein ernstes Gesicht zu machen.

»Denk wenigstens über das Praktikum nach«, fuhr ihre Mutter fort. »Natürlich kannst du in den Ferien auch gern auf Elias aufpassen, wenn dir das lieber ist. Ich kann mir nämlich keinen Urlaub nehmen, weißt du. Wir haben in der Firma gerade ein wichtiges Projekt.«

»Das ist Erpressung!«, knurrte Laura.

»Nenn es, wie du willst«, erwiderte ihre Mutter. »Du hast die Wahl.«

Vierzehn Tage mit Elias! Was für ein Albtraum! Laura nagte an ihrer Unterlippe. Vielleicht war das Praktikum dann doch die bessere Lösung, obwohl Laura keinerlei Wert darauf legte, mehr Zeit mit Bernd Asshoff zu verbringen. Schon bei dem Gedanken daran bekam sie Magenschmerzen.

»Du kannst es dir ja bis zum Ende der Woche überlegen«, sagte Valerie Lilienstedt. »Bernd freut sich sicher, wenn du dich für das Praktikum bei TEMP entscheidest.«

Zum Glück hatte das Auto inzwischen Lauras Schule erreicht und hielt an. Laura schnappte sich ihren Rucksack und ihren Sportbeutel und stieg aus.

»Tschüss, Mama!«

»Tschüss, Laura! Hab einen schönen Tag!«

# Nicht mein Tag!

»…und deswegen schreiben wir jetzt eine Arbeit!«, verkündete Frau Schlosser, die Lateinlehrerin der 8 b. »Bitte klappt eure Laptops auf und loggt euch ein. Auf der Startseite findet ihr unseren heutigen Test.«

Die Klasse stöhnte. Auch Olivia, Lauras beste Freundin und Sitznachbarin, verdrehte die Augen.

»Mist, ich hab überhaupt nichts gelernt. Kannst du die Grammatik?«

Laura zuckte mit den Schultern. Nach den Erlebnissen während des achten Tages erschien die letzte Lateinstunde meilenweit weg zu sein. Das Lernen fiel ihr zwar grundsätzlich leicht, aber heute konnte sie sich schlecht konzentrieren.

»Zehn Minuten Zeit«, sagte Frau Schlosser. »Die Zeit läuft… ab jetzt!«

Laura versuchte, den Sinn der Aufgaben zu begreifen. Ständig drang Olivias Flüstern zu ihr. »Was muss ich bei

Aufgabe zwei einsetzen? O weh, die vierte Aufgabe begreif ich überhaupt nicht!«

Die Buchstaben auf dem Bildschirm verschwammen vor Lauras Augen. Sie blinzelte, aber die Schrift war noch immer unscharf. Als Laura nach vorne blickte, hatte sie einen Moment lang den Eindruck, dass Magistra Elisa vor der Tafel stand.

Olivia trat Laura ans Bein. »Bei Aufgabe zwei Genitiv Plural oder was?«, zischte sie.

»Wer abschreibt, bekommt eine Sechs«, drohte Frau Schlosser, die Ohren hatte wie ein Luchs.

»Dativ Plural«, gab Laura leise zurück, nachdem sie die Aufgabe gelesen hatte. Ihre Augen funktionierten langsam wieder besser.

»Und bei vier?«

»Akkusativ Plural.«

»*Canis? Canem?*« Aus Olivias Flüstern klang die pure Verzweiflung.

»*Canes.*«

Frau Schlosser schritt durch das Klassenzimmer und blieb neben dem Pult von Laura und Olivia stehen. Laura blickte langsam hoch und versuchte, harmlos zu lächeln.

»Es nützt gar nichts, wenn du deiner Freundin hilfst«, sagte Frau Schlosser schneidend. Sie klappte Lauras und Olivias Laptop zu. »Laura Lilienstedt, Olivia Maurer –

beide Sechs! Ich habe euch gewarnt.« Sie drehte sich um und ging wieder nach vorne, um die Noten in ihr Notizbuch einzutragen.

Olivia war den Tränen nah, während Laura vor Wut kochte. Es war ja auch eine Gemeinheit, gleich am Montag in der ersten Stunde einen Test zu schreiben! Frau Schlosser wusste genau, dass die meisten in der Klasse noch gedanklich im Wochenende waren.

In der zweiten Stunde hatten sie eine Vertretung, weil der Englischlehrer Herr Mahlke immer noch krank war. Olivia nutzte die Gelegenheit, Laura zu erzählen, dass sie am Sonntagnachmittag ihren Schwarm getroffen hatte.

»Meine Mum und ich, wir waren im Kino. Ich hatte doch noch diese Gutscheine, und Mum wollte unbedingt auch diesen neuen 3-D-Film sehen. Na ja, war ziemlich mäßig. Muss man nicht unbedingt gesehen haben. Aber danach traf ich Severin. Er stand im Foyer mit zwei Freunden und hat anscheinend auf die nächste Vorstellung gewartet. Als er mich entdeckt hat, hat er mich angelächelt. Hach!« Olivia schloss entzückt ihre Augen, um sie gleich darauf wieder weit aufzureißen. »Meinst du, er mag mich, Laura?«

Laura zuckte mit den Schultern, aber Olivia plapperte schon weiter. »Vielleicht ist er ja auch heimlich verliebt in mich und traut sich nicht, es mir zu sagen. Das kann doch sein, oder? Liebe auf den ersten Blick! Bei mir war es ja auch so. Ich hab ihn gesehen – und wusch!« Sie griff theatralisch an ihr Herz. Dann seufzte sie tief und legte ihren Kopf auf die Bank. »Liebe ist verdammt anstrengend! Ich glaube, ich habe heute Nacht kein Auge zugetan.«

Wenn du wüsstest, was ich erlebt habe, dachte Laura, aber sie sagte es nicht laut. Einerseits hätte sie ihr Geheimnis gern mit jemandem geteilt, andererseits stand in dem Gedicht, das sie zusammen mit der rätselhaften Taschenuhr gefunden hatte, dass sie niemandem etwas über den achten Tag erzählen sollte. Und das galt auch für die beste Freundin.

*Damit dein Glück nicht bald zerbricht,*
*verrate das Geheimnis nicht!*

Olivia nervte Laura die restliche Stunde damit, Pläne zu entwickeln, wie sie Severin für sich gewinnen könnte. Einen Liebesbrief schreiben und ihn heimlich in seinen Briefkasten werfen? Oder seine Handynummer herausfinden? Oder allen Mut zusammennehmen und ihn direkt ansprechen?

»Ich sterbe, wenn ich das tue!«, jammerte Olivia, aber da klingelte es zum Glück endlich zur Pause. Laura hatte schon leichte Kopfschmerzen, die schlimmer wurden, als Olivia sie unterhakte und nach draußen zog.

Normalerweise verbrachten sie bei gutem Wetter die Pause so gut wie immer auf ihrem Lieblingsplatz: der Bank unter der großen Kastanie. Doch jetzt zerrte Olivia Laura in Richtung Schultor. Dort hielten sich die Jungen und Mädchen der höheren Klassen auf. Einige saßen auf der Mauer, andere standen draußen vor dem Tor und rauchten.

»Was sollen wir hier?«, fragte Laura, aber Olivia rollte nur verheißungsvoll mit den Augen. Als Laura den Kopf drehte, entdeckte sie Severin Süßkind in einer Gruppe von Jugendlichen. Sie erkannte ihn sofort wieder. Seine hagere Gestalt und die blonde Wuschelfrisur waren unverwechselbar. Laura fühlte, wie ihr Herz schneller schlug. Sie musste daran denken, wie sie sich im Keller der *Schule der Ewigkeit* getroffen hatten und welches Geheimnis sie miteinander teilten.

»Ist er nicht süß?«, quietschte Olivia begeistert.

»Sei still! Nicht so laut! Er hört es am Ende noch!«, sagte Laura warnend.

Aber Olivia war völlig aus dem Häuschen. »Diese Haare! Sind sie so wild? Oder hat er sie so in Form geföhnt?« Sie kriegte sich fast nicht mehr ein.

»Geh doch hin und frag ihn nach seinem Beautygeheimnis«, schlug Laura Olivia vor.

»O nein, das kann ich nicht, du weißt schon, ich sterbe, wenn… O nein, o nein, jetzt hat er mich gesehen … Himmel, jetzt kommt er her! Was soll ich nur tun, Laura?« Olivia hielt sich an Lauras Armen fest und versuchte, sich hinter ihr zu verstecken.

Severin hatte sich tatsächlich von seiner Gruppe gelöst und schlenderte auf die Mädchen zu. Laura spürte, wie ihr Kopf zu glühen anfing. Gleichzeitig wurden Olivias Griffe fester und fester.

»Ich sterbe, ich sterbe … Ist er schon da?«

»Hör auf, Olivia!«, sagte Laura streng. »Du benimmst dich albern!«

Olivia tauchte im selben Moment hinter Laura auf, als Severin stehen blieb und lächelte.

»Hallo, Laura!«

»Hi, Severin«, antwortete Laura, und Olivia hinter ihr echote: »Hi, Severin!«

»Hallo, Olivia«, sagte Severin höflich. Er wippte ein bisschen auf den Zehenspitzen und wandte sich wieder an Laura. »Wie geht's so?«

»Och … och ja«, stotterte Laura. »Mein Bruder ist immer noch im Krankenhaus, und ich soll in den Ferien ein Praktikum in der Firma meiner Mutter machen.«

»Klingt interessant.«

»Na ja …« Laura schaute auf ihre Füße. »Nicht gerade das, was ich mir wünsche.«

»Und wie geht es dir so, Severin?«, fragte Olivias helle Stimme.

»Ich muss heute Nachmittag mit meinem Kalong zum Tierarzt«, erwiderte Severin. »Mit Jonathan stimmt etwas nicht.«

»*Kalong*?«, fragten Laura und Olivia wie aus einem Mund, sodass Severin lachte.

»Ein Kalong ist ein großer Flughund«, erklärte er. »Ziemlich ungewöhnlich als Haustier. Ich habe Jonathan eines Nachts in unserem Garten gefunden, als er kopfüber an unserem Apfelbaum hing. Also, bei unserer vorigen Adresse, wir sind ja erst vor Kurzem hergezogen.«

»Aber Flughunde leben doch gar nicht hier«, wandte Olivia ein.

»Ja, stimmt«, sagte Severin. »Jonathan stammt vermutlich aus Sumatra. Ich nehme an, dass ihn jemand nach Deutschland geschmuggelt hat. Irgendwie muss er entkommen sein und … na ja, jetzt habe ich ihn. – Er liebt mich sehr«, fügte er hinzu.

»Zeigst du mir mal deinen Kalong?«, bettelte Olivia. »Ist er zahm? Kann man ihn streicheln?«

Laura musste lächeln. Es war so typisch für Olivia, dass sie immer gleich mehrere Fragen auf einmal stellte, ohne die Antwort abzuwarten.

»Du kannst Jonathan gern einmal besuchen, sobald er wieder ganz gesund ist«, meinte Severin.

»Ach so, ja, natürlich!«, sagte Olivia.

Severin blickte Laura an. Er hatte merkwürdige Augen – grün mit vielen kleinen blauen Sprenkeln. Solche Augen hatte Laura noch nie gesehen. Je länger sie sie betrachtete, desto schwummriger wurde ihr. Was war nur los mit ihr? Sonst brachten sie Jungen nicht so durcheinander. Sie versuchte, etwas Sinnvolles zu sagen, aber ihr Kopf war wie leer gefegt. Sie konnte ihn nur ansehen und lächeln.

Er lächelte genauso schweigend zurück.

»Eh, hallo, vielleicht können wir mal zusammen Eis essen?«, brachte sich Olivia wieder in Erinnerung. »Heute Nachmittag vielleicht?«

»Geht nicht«, sagte Severin. »Ich muss doch mit Jonathan zum Tierarzt. Keine Ahnung, wie lange ich da warten muss. Wie wär's mit morgen?«

»Au ja«, freute sich Olivia, und auch Laura nickte.

»Um drei Uhr? Café Iceland?«, fragte Severin. »Da soll es das beste Eis geben, hab ich gehört.«

»Super!«, erwiderte Laura und hoffte, dass sie sich von zu Hause loseisen konnte. Ihre Mutter wollte ja immer ganz genau wissen, wo sie war und was sie machte.

Währenddessen erklärte Olivia Severin bereits, welche Eissorten sie am liebsten mochte. Das waren fast alle, bis auf eine Ausnahme.

»Auf keinen Fall einen Kirschbecher«, sagte sie. »In

einer Kirsche war mal ein kleiner ekliger weißer Wurm. Seitdem esse ich keine Kirschen mehr.«

Severin lachte. »Darüber hätte sich Jonathan sicher gefreut.«

Es klingelte, und die Pause war zu Ende. Severin schenkte Laura noch einmal ein Lächeln – das eindeutig nur für sie war –, dann verabschiedete er sich.

»Bis morgen!«

»Bis morgen!«, wiederholte Olivia.

Kaum hatte sich Severin umgedreht, packte sie wieder Lauras Arm. »Sag mal, woher kennst du Severin? Ich erzähl dir ständig von ihm, und du tust, als hättest du ihn noch nie gesehen. Dabei seid ihr offenbar dicke Freunde!« In ihrer Stimme schwangen Wut und Eifersucht.

»Ich kenne ihn ja erst seit Kurzem«, erklärte Laura, während sie mit Olivia in Richtung Turnhalle ging. »Genau genommen erst seit Sonntagnacht.«

»Seit Sonntag*nacht*?«, quietschte Olivia. »Ihr habt euch *nachts* getroffen? Wo? Und warum? Weiß deine Mutter davon?« Ihr Gesicht hatte eine tomatenrote Farbe angenommen.

»Es ist nicht so, wie du denkst«, murmelte Laura. »Das ist eine längere Geschichte, die ich dir mal in Ruhe erzählen muss.« Schon als sie den Satz aussprach, wusste sie, dass sich Olivia nicht damit zufriedengeben würde. Und sie behielt recht. Es war, als hätte sie mit ihren Worten Öl in Olivias Eifersuchtsfeuer gegossen.

»Willst du mich für dumm verkaufen? Ich dachte, ich bin deine beste Freundin! Stattdessen hast du Geheimnisse vor mir und triffst dich nachts mit dem Jungen, für den *ich* schwärme! Nein, den ich sogar liebe! Du machst mir alles kaputt!« Olivias Stimme brach. Sie begann zu schluchzen. »Wie kannst du das nur tun? Ich hab dir vertraut ...«

Laura wollte tröstend den Arm um sie legen, aber Olivia stieß sie weg.

»Lass mich!«

»Ich kann dir alles erklären«, versuchte es Laura noch einmal. »Wirklich! Ich hab dir noch neulich von der Taschenuhr erzählt, die ich gefunden habe ...«

»Was hat die blöde Taschenuhr mit Severin zu tun?«, schnaubte Olivia zornig. Dann wurde sie stutzig. »Gehört sie ihm vielleicht?«

»Nicht direkt ... aber er hat eine ganz ähnliche.« Laura gab sich einen Ruck. »Es ist eine besondere Uhr. Wenn du sie besitzt, gibt es für dich ... einen achten Tag in der Woche.«

Olivia starrte sie an, als hätte sie nicht mehr alle Tassen im Schrank.

Inzwischen waren sie in der Mädchenumkleide angekommen.

»Den Rest erzähle ich dir später«, murmelte Laura. Hier gab es zu viele Zuhörer. Lustlos holte sie ihre Sportsachen aus dem Beutel und begann, sich umzuziehen.

Olivia setzte sich auf die Bank neben sie. Eine steile Falte stand zwischen ihren Augenbrauen.

»Erzählst du mir jetzt eins von deinen Märchen? He, ich bin nicht mehr fünf Jahre alt, falls du das vergessen haben solltest!«

»Ich erkläre dir nachher alles«, sage Laura. »Versprochen! – Hier kann ich nicht reden«, fügte sie etwas leiser hinzu.

Olivia runzelte nur skeptisch die Stirn und begann ebenfalls, sich umzuziehen.

Frau Pilau, die Sportlehrerin, wartete schon in der Halle. In den Händen hielt sie ihr unvermeidliches Tablet.

»Jetzt ist wieder eine Woche vergangen, und ich will wissen, wie viel Sport ihr getrieben habt«, begrüßte sie die Mädchen. »Deswegen werde ich eure Fitnessarmbänder kontrollieren.«

Die Mädchen stöhnten auf. Bei der Kontrolle gab es jedes Mal Ärger. Es lag nicht nur daran, dass manche Schülerinnen zu wenig trainierten. Einige – darunter auch Laura – manipulierten ihr Fitnessarmband, weil sie ihre Zeit lieber anders verbrachten als auf dem Laufband oder Crosstrainer. Frau Pilau aber kannte die kleinen Mogelprogramme, die man sich kostenlos aus dem Internet herunterladen konnte.

»So, jetzt wollen wir doch mal sehen. Olivia Maurer.« Frau Pilau winkte Lauras Freundin zu sich. Olivia nahm umständlich ihr Fitnessarmband ab und reichte es der Lehrerin. Frau Pilau überprüfte es mit ihrem Tablet.

»Wow, Olivia! Du hast dich gesteigert. Du hast letzte Woche sieben Stunden und 43 Minuten mit Sport verbracht. In der Woche zuvor bist du gerade mal 17 Minuten gelaufen. Großer Sinneswandel? Woran liegt's?«

»Ich will einfach eine bessere Figur bekommen«, antwortete Olivia und errötete.

»Da steckt ganz sicher ein Junge dahinter«, meinte Frau Pilau und gab ihr das Armband zurück. »Die Nächste. Laura Lilienstedt.«

Laura trat vor. Die Lehrerin nahm das Armband in Empfang.

»Ich habe letzte Woche dein Fitnessarmband auf den Lieferzustand zurückgesetzt, weil du ja dieses kleine fiese Programm installiert hattest.« Frau Pilaus Miene war trotz des Lächelns streng. »Ich bin gespannt, wie deine Werte heute sind.«

Die Daten erschienen auf ihrem Tablet.

»Laura Lilienstedt, null Stunden, null Minuten.«

Laura hatte nichts anderes erwartet. Sie wusste, dass sie keinen Sport getrieben hatte. Schon eine ganze Weile drückte sie sich davor, aber dank des Mogelprogramms war sie ziemlich lange damit durchgekommen. Das war jetzt leider vorbei.

»Keine Entschuldigung?«, fragte Frau Pilau mit hochgezogenen Augenbrauen.

»Mein Bruder ist im Krankenhaus, ich musste ihn besuchen und ihm die Zeit vertreiben. Mein Armband lag außerdem die ganze Woche über in der Schublade, und niemand hat mitgezählt, wie oft ich die Krankenhaustreppen rauf- und runtergelaufen bin.« Das war nur eine halbe Lüge.

»Du weißt, wie wichtig Bewegung ist«, sagte Frau Pilau ernst. »Du bringst deinen Kreislauf in Schwung, Giftstoffe werden abtransportiert, du kannst damit Übergewicht bekämpfen, den Cholesterinwert senken und –«

Laura hatte schon längst abgeschaltet. Sie stellte sich vor, was passieren würde, wenn sie jetzt wie Anouk zu schweben anfinge. Einfach vor Frau Pilaus Augen in die Luft gehen! Allein für diesen Moment hätte sich Magistra Elisas Flugunterricht gelohnt!

»... deine Mutter diesmal nicht informieren, aber nächste Woche erwarte ich ein besseres Ergebnis.« Mit diesen Worten gab Frau Pilau Laura das Armband zurück.

Nächste Woche sind Ferien, dachte Laura schadenfroh. Dann fiel ihr ein, was ihre Mutter ihr in Aussicht gestellt hatte: Praktikum bei Asshoff. Laura hätte viel lieber für einen Marathonlauf trainiert.

»Hast du tatsächlich so viel Sport gemacht?«, fragte sie Olivia, während die anderen Mädchen ihre Fitnessarmbänder vorzeigten.

Olivia nickte. »Ich will wirklich was für meine Figur tun.«

»Deine Figur ist absolut perfekt«, meinte Laura.

Olivia seufzte. »Außerdem hilft mir Sport, meine Energie loszuwerden. Davon habe ich im Moment nämlich zu viel, weil ich ständig an Severin denken muss.«

Damit waren sie wieder beim Thema.

»Also, was wolltest du mir über diese Uhr erzählen?«, fragte Olivia. »Aber bitte keine Lügengeschichten, darauf habe ich absolut keinen Bock!«

Laura dämpfte ihre Stimme, obwohl sie ein Stück abseits standen. »Es klingt völlig verrückt, aber ich schwöre dir, es ist die absolute Wahrheit. Vor ein paar Wochen fand ich diese goldene Uhr in einem Geheimfach. Und dann, in der Nacht von Sonntag auf Montag, gab es plötzlich für mich noch einen Tag.« Sie schluckte. »Den Achttag.«

Olivia verdrehte nur ungläubig die Augen, unterbrach sie aber nicht.

»Alles... war anders. Mein Kater... konnte plötzlich

sprechen. Und Amy war ein Dienstmädchen mit Schürze und Häubchen. Es war, als wäre ich in eine andere Zeit gerutscht.«

»Du erzählst mir von einer neuen Serie auf *Netstream*«, vermutete Olivia.

Laura schüttelte den Kopf. »Ich wollte es anfangs auch nicht glauben! Eine Kutsche brachte mich zu einem Park, darin stand ein Schloss, das in Wirklichkeit eine Schule ist, ja sogar eine Art Internat ...«

»O ja, lass mich raten«, fiel Olivia ihr ins Wort. »Ihr lernt Zauberei und Pflanzenmagie, und in der Freizeit fliegt ihr mit dem Besen durch die Luft und spielt *Quidditch*. Das konnte dein Fitnessarmband leider nicht registrieren, weil diese Sportart nicht im Programm vorgesehen ist.«

»Ich rede nicht von *Harry Potter*, sondern von dem, was mit mir passiert ist.« Laura war unwillkürlich laut geworden, sodass einige der Mädchen zu ihnen herübersahen.

»Okay.« Olivia grinste. »Du kannst nicht zaubern und nicht fliegen. Also, was kannst du dann?«

»Ein Mädchen, mit dem ich ein Zimmer teile, hat ein totes Äffchen wieder zum Leben erweckt«, murmelte Laura. »Mäxchen. Es gehört Anouk.«

Olivia wollte etwas sagen, aber überlegte es sich anders.

»Anouk kann tatsächlich fliegen. Noch nicht richtig. Es ist eher ein Schweben. Im echten Leben macht sie Parkour. Und Shirin, die auch im Zimmer wohnt, hat eine Schildkröte, die Melodien summen kann. Euphemia.«

»Moment mal.« Olivia überlegte. »Du wohnst mit den anderen Mädchen zusammen in einem Zimmer?«

»Ja. Wir sind zu viert. Zwei Stockbetten. Ich schlafe oben, am Fenster.«

Laura sah, wie sehr Olivia mit sich rang, ob sie die Geschichte glauben sollte oder nicht.

»Was ich dir die ganze Zeit sagen wollte, Oliva: Severin geht auch auf diese Schule. Wir haben uns nachts im Keller des Schlosses getroffen. Ich suchte meine Mitbewohnerinnen, die ohne mich ein Picknick machten – und da begegnete ich zufällig Severin.«

Die Szene stand Laura wieder deutlich vor Augen. Das blaue Licht, das den geheimnisvollen Raum beleuchtete. Die goldenen Zahnräder. Das große Zifferblatt der Uhr, das – ähnlich wie die Sonne von den Planeten – von goldenen Kugeln unterschiedlicher Größe umkreist wurde. Der uralte Mann, der hereingeschlurft war und mühsam das Uhrwerk aufgezogen hatte. Das Uhrwerk, das offenbar die magische Welt des achten Tages am Laufen hielt…

»Ein wichtiger Schlüssel ist verschwunden, deswegen ist diese ganze Welt in Gefahr«, fügte Laura hinzu.

»Ach ja?« Olivia schüttelte den Kopf. »Ziemlich haarsträubende Geschichte, findest du nicht?«

»Frag Severin, wenn du mir nicht glaubst«, erwiderte Laura.

»Das tu ich auch, verlass dich drauf!«, sagte Olivia mit trotziger Miene. »Und wenn du mich angelogen hast, dann kannst du dich auf was gefasst machen!«

»Okay.« Laura hatte ein ungutes Gefühl. Sie hatte das Geheimnis verraten, zumindest einen Teil davon. Aber Olivia schien kein Wort davon zu glauben. Das Verhältnis der Freundinnen war durch Lauras Geständnis kein bisschen besser geworden. Im Gegenteil. Olivias Körperhaltung wirkte angespannt und feindselig. Laura seufzte leise.

»Es tut mir leid, Olivia, aber es ist wirklich so passiert!«, unternahm sie einen letzten Versuch.

»Es tut mir auch leid, Laura, aber es klingt wirklich nicht sehr glaubwürdig, dass du und Severin auf einmal eine magische Welt retten sollt.« Damit drehte sich Olivia um und zeigte Laura die kalte Schulter.

# Ein unerwartetes Wiedersehen

Als Laura mittags von der Schule nach Hause kam, war sie völlig erschöpft vor Wut und Traurigkeit. Noch nie hatte sie sich mit Olivia so gestritten wie an diesem Vormittag. Und nie hätte sie gedacht, dass ihre Freundschaft so schnell in die Brüche gehen würde.

Amy hatte das Mittagessen für sie vorbereitet: Gemüselasagne. Es duftete verführerisch, aber Laura hatte nicht den geringsten Appetit.

»Entschuldige, Amy, aber ich bringe heute keinen Bissen runter. Vielleicht mag ja Mama die Lasagne, wenn sie abends heimkommt.«

Amy wandte sich Laura zu. Die Augen an ihrem Roboterkopf blinkten abwechselnd grün und rot.

»Warum mag-ssst du mein Esssssen nicht?«, fragte sie.

Laura stutzte. Es war das erste Mal, dass Amy nach einem Grund fragte. Sonst räumte sie die Mahlzeit stillschweigend ab oder stellte sie im Ofen warm.

»Es liegt nicht an dir, Amy. Die Lasagne ist ganz bestimmt lecker. Ich habe nur keinen Hunger.«

Doch damit gab sich Amy nicht zufrieden. »Hassst du Ss-Schokolade gegesssen? Ein Eisss?«

»Nein, nichts.«

»Dann ver-s-tähe ich dich nicht«, säuselte Amy. »Du brauchsst Energie. Wie Amy. Amy braucht S-Strom.« Und sie schob ihr demonstrativ die Portion Lasagne hin.

»Amy, hat dir schon mal jemand gesagt, dass du eine Nervensäge bist?« Laura stocherte ein bisschen in der Lasagne herum. Nahm einen Bissen. Mhhh, die war wirklich gut!

»Du hassst ess letz-ste Woche achtt-zsehn mal su mir gessagt«, lispelte Amy.

»Oh! Das tut mir leid.«

»Tut esss nicht!«

Hoppla, Amy hörte sich ja fast wie Olivia an! Was war nur mit ihr los? Zeigte Amy jetzt menschliche Eigenschaften? Hatte sie Gefühle? Aber sie war doch ein Roboter!

Amy stand immer noch neben dem Tisch wie ein Wachhund, der aufpasste, dass Laura ihren Teller leer aß.

»Hat dich Mama anders programmiert? Sind deine Schaltkreise überhitzt? Ist bei dir vielleicht«, Laura verschluckte sich fast vor unterdrücktem Lachen, »eine Sicherung durchgebrannt?«

»Nicht lus-stig!«, fauchte Amy zornig, zog Laura den Teller weg und feuerte ihn in den Mülleimer. Dann surrte sie aus der Küche, während Laura ihr sprachlos hinterherblickte.

War das die Möglichkeit? Amy war beleidigt? Wie passte das zu ihrem Roboterhirn? Laura runzelte die Stirn und überlegte kurz, ob heute vielleicht ein Achttag war. Nein. Es war ein stinknormaler Montag, an dem offenbar ziemlich viel schieflief!

Laura ging in ihr Zimmer, um Hausaufgaben zu machen. Aber immer wieder begaben sich ihre Gedanken auf Wanderschaft. Sie musste viel zu oft an Severin denken. Warum benahm sich Olivia nur so blöd? Laura hatte ihr doch die Wahrheit gesagt. Und es lag keinesfalls in ihrer Absicht, Olivia Severin abspenstig zu machen.

»Du kannst ihn gern haben«, murmelte sie halblaut vor sich hin. »Ich bin bestimmt nicht verknallt in ihn! Kein bisschen!«

Auch am nächsten Tag tat Olivia noch so, als sei Laura Luft für sie. Laura packte ihre Freundin schließlich am Arm.

»Vergiss vor lauter Beleidigtsein nicht, dass wir uns heute Nachmittag mit Severin treffen!«

»Wie könnte ich das vergessen?«, kam es von Olivia. »Ich denke an nichts anderes.«

Nach Unterrichtsschluss nahmen die beiden Mädchen den Bus. Sie saßen zwar nebeneinander, redeten aber kaum ein Wort. Laura überlegte, was Severin wohl dazu sagen würde, dass sie Olivia vom Achttag erzählt hatte. Inzwischen hatte sie das Gefühl, einen schweren Fehler gemacht zu haben.

Severin saß schon an einem der runden Außentische und winkte, als er sie kommen sah. Es war sommerlich warm, und viele Tische waren besetzt.

»Ich habe den Tisch für uns frei gehalten«, begrüßte Severin die Mädchen. »Mächtig was los heute.«

Laura und Olivia setzten sich auf die freien Stühle. Olivia vertiefte sich gleich in die Karte.

»Ich habe Olivia alles erzählt«, begann Laura ohne Umschweife. »Sie ist meine beste Freundin, aber sie will mir nicht glauben, dass wir uns im Keller der *Schule der Ewigkeit* kennengelernt haben.«

Severin stutzte kurz. »Aber ja, genauso war es«, bestätigte er. »Ich wollte einem Geheimnis auf die Spur kommen – und da traf ich Laura. Sie hat sich auch im Untergeschoss der Schule herumgetrieben, obwohl es streng verboten ist.«

»Ich musste zur Strafe stundenlang in der Feenküche schuften«, murmelte Laura.

»Ach ja, die Feen. Grässliche kleine Biester, oder?« Severin lachte.

Olivia knallte die Karte auf den Tisch. »Wenn ihr mich beide veräppelt, dann …« Ihre Augen funkelten zornig.

»Niemand veräppelt dich«, sagte Severin ruhig. »Laura hat dich nicht angelogen. Wir beide haben in der letzten Zeit Unglaubliches erlebt. Ich denke, ich wäre auch skeptisch, wenn mir jemand eine solche Story erzählen würde. Aber es ist wahr, Olivia, das versichere ich dir.«

Jetzt kam die Bedienung an den Tisch. »Habt ihr euch schon etwas ausgesucht?«

»Nein, noch nicht«, sagte Laura. »Einen Moment noch, bitte.« Nach einem kurzen Blick in die Karte entschied sie sich für ein Spaghetti-Eis mit Himbeersoße. Severin nahm das Gleiche. Olivia bestellte sich einen Früchtebecher.

»Also, wie sieht denn diese *Schule der Ewigkeit* aus?«, fragte sie, als die Bedienung die Bestellung aufgenommen hatte und gegangen war. »Severin?«

»Die ganze Konstruktion beruht auf der Zahl Acht«, sagte Severin. »Acht Türme, die nach den acht Planeten benannt sind. Sie gruppieren sich um einen achteckigen Innenhof.«

»Im Innenhof gibt es immer die Mahlzeiten«, erzählte Laura weiter. »Da stehen lauter Vierertische, und jeder Tisch hat einen Sonnenschirm, der wie ein Pilz aussieht. Aus dem Stiel kommen die Getränke deiner Wahl …«

»Und die Speisekarte erscheint direkt auf dem Tisch, wie bei einem Display«, ergänzte Severin. »Nach dem Essen verschwindet alles im Boden, und man sieht nur noch das Pflaster.«

Olivia schüttelte lachend den Kopf.

Laura wandte sich an Severin. »Habt ihr Jungs auch Pantoffel, die euch in den richtigen Unterrichtsraum bringen?«

»Bei uns sind es Stiefel«, antwortete Severin. »Mit irren Mustern. Meine haben Streifen wie ein Zebra.«

»Aber neulich im Keller ...«, erinnerte sich Laura.

»Richtig, da trug ich meine normalen Schuhe«, antwortete Severin. »Die Stiefel hätten verraten, wo ich bin.«

»Eine Art Tracking?«, wollte Olivia wissen.

»So ähnlich«, bestätigte Laura. »Wobei das Ganze eher mit Magie zu funktionieren scheint.«

Die Bedienung brachte die Bestellung und wünschte guten Appetit.

Eine Weile war es still, weil sich alle auf ihr Eis konzentrierten. Olivia schien nachzudenken.

»Hm... ich glaube euch. Warum solltet ihr euch solchen Mist ausdenken?«, sagte sie dann und leckte genüsslich ihren Löffel ab. »Ihr hättet mir ja auch erzählen können, dass ihr euch im Kino kennengelernt habt. Das hätte überzeugender geklungen.«

Laura fiel ein Stein vom Herzen. Sie wollte gerne weiterhin mit Olivia befreundet sein. Wenn die Sache mit dem achten Tag ihre Freundschaft zerstört hätte, dann hätte das ihre Freude an dieser wunderbaren Abenteuerwelt ziemlich getrübt.

»Diese goldene Taschenuhr musst du mir irgendwann einmal zeigen, Laura«, murmelte Olivia wie beiläufig, während sie sich auf eine besonders dicke Brombeere in ihrem Becher konzentrierte. »Wie geht es denn deinem … Dings … deinem Kobold, Severin?«

»Du meinst meinen Kalong.« Severin lachte. »Der Tierarzt hat ihm ein Antibiotikum verabreicht. Wahrscheinlich hat sich Jonathan bei seinen nächtlichen Flügen eine Infektion zugezogen. Heute war er schon ein bisschen munterer.«

Sie waren mit dem Eis fast fertig, als Severin Laura plötzlich am Arm berührte. »Guck mal unauffällig nach links. Der letzte Tisch, direkt an der Hauswand. Siehst du ihn auch? Ist das nicht Magister Darius?«

Laura wandte den Kopf und warf einen kurzen Blick zu dem Tisch. Es überlief sie heiß. Severin hatte recht! Der kleine dicke Mann mit dem dünnen, streng nach hinten gekämmten Haar war kein anderer als Magister Darius, der Lehrer für Geografie, der es nicht ertrug, wenn man ihm Fragen stellte. An diesem Tag trug er andere Kleider als in der Welt des achten Tages – eine helle Leinenhose und ein hellblaues T-Shirt. Auch seine auffällige Brille in der Form des Unendlichkeitszeichens hatte er gegen eine normale Brille ausgetauscht. Er blätterte in einer Zeitschrift und nippte immer wieder an seiner Tasse Kaffee.

Laura wurde ganz aufgeregt. Was tat Magister Darius hier? Wer war er in der realen Welt? Hatte es einen besonderen Grund, warum er ausgerechnet hier auftauchte?

Severin schien sich ähnliche Fragen zu stellen.

»Was gibt's denn da so Interessantes?«, wollte Olivia wissen.

»Dort drüben sitzt ein Lehrer aus der *Schule der Ewigkeit*«, antwortete Laura im Flüsterton. »Starr ihn nicht so an, Olivia!« Sie wandte sich an Severin. »Was macht er hier? Glaubst du, dass er uns beschattet? Oder sitzt er nur einfach da und trinkt seinen Kaffee?«

»Ich glaube nicht, dass er uns schon entdeckt hat«, wisperte Severin. »Ich denke, er sitzt wirklich nur da. Mich interessiert aber, wer er in unserer Welt ist und wo er wohnt. Sobald er aufsteht, werde ich ihm folgen.«

»Okay, mach dich bereit«, meinte Laura. »Ich bezahle dein Eis, keine Sorge. Du kannst jederzeit los.«

Severin nickte. Keine Minute später winkte Magister Darius der Bedienung und bezahlte. Dann stand er auf und ging in Richtung Zentrum davon.

Severin sprang auf. »Man sieht sich«, murmelte er,

schob sich zwischen den Tischen hindurch und schlenderte hinter Magister Darius her. Dabei tat er so, als würde er die Auslagen der Schaufenster betrachten.

»Er macht es gut«, sagte Olivia und grinste. »Der geborene Detektiv. Was ist denn so besonders an diesem Lehrer?«

»Ich finde es merkwürdig, ihn hier zu sehen.« Laura nagte an ihrer Lippe. Bisher hatte sie sich nur mit ihren Mitbewohnerinnen und mit Severin darüber unterhalten, auf welche Weise sie die Welt des achten Tages gefunden hatten. Zusammen mit Severin hatte sie zudem zufällig erfahren, dass die Schüler und Schülerinnen an der *Schule der Ewigkeit* ausgebildet wurden, um mit ihren Fähigkeiten die magische Welt zu schützen. Aber wie waren die Lehrer in die Welt des achten Tages geraten? Welche Funktion erfüllten sie dort – und wer waren sie in der wirklichen Welt?

»Man darf Magister Darius keine Fragen stellen«, teilte Laura Olivia mit. »Er erträgt es nicht und flippt aus. Mich hat er sogar vor die Tür geschickt, als ich etwas wissen wollte.«

Olivia schüttelte den Kopf. »Das gibt's doch nicht. Lehrer sind dazu da, dass sie Fragen beantworten, oder?«

»Das habe ich bisher auch gedacht«, meinte Laura.

»O verdammt, da war jetzt doch eine Kirsche dabei«, quietschte Olivia. Etwas Rotes flog aus ihrem Mund

und hüpfte quer über den Tisch. »Ich hab bestimmt wieder einen Wurm erwischt! Ich spüre, wie er meine Speiseröhre runterrutscht … iiiihhhh …«

Die anderen Gäste wurden auf Olivia aufmerksam. Einige lachten. Die Bedienung stürzte herbei und wollte wissen, ob etwas nicht in Ordnung wäre.

»Ich habe den Früchtebecher ausdrücklich ohne Kirschen bestellt«, beschwerte sich Olivia. »Jetzt war doch eine dabei.« Sie deutete anklagend auf das zerkaute rote Ding, das am Tischrand liegen geblieben war. Man konnte beim besten Willen nicht mehr erkennen, ob es tatsächlich eine Kirsche war oder eine Himbeere.

»Meine Freundin hat nämlich eine Wurmphobie«, erklärte Laura.

Die Bedienung, eine junge Frau mit stark blondiertem Haar, sah ziemlich genervt aus. »Wenn du hoffst, damit den Preis zu drücken, dann bist du bei mir an der falschen Adresse.«

»Ich schwöre, es war eine Kirsche«, beteuerte Olivia. »Und der Wurm ist jetzt in meinem Magen … Er bohrt sich bestimmt durch die Wand!« Sie presste beide Hände auf ihren Bauch und verdrehte die Augen.

»Raus mit euch, alle beide!«, keifte die Bedienung. »Ihr habt ab sofort Hausverbot! Ich will euch hier nicht mehr sehen, verstanden?«

»Dein Auftritt war megapeinlich«, sagte Laura, als die beiden Mädchen kichernd in Richtung Innenstadt gingen.

»Tut mir leid«, murmelte Olivia. Sie japste nach Luft, so sehr hatte sie lachen müssen. »Aber dieser Wurm … Mir war wirklich ganz schlecht.«

Von Severin war nichts mehr zu sehen. Wahrscheinlich war er noch dabei, Magister Darius zu verfolgen.

»Willst du noch zu mir kommen?«, fragte Laura. »Meine Mutter ist nicht vor sechs Uhr zurück.«

Olivia zögerte, dann grinste sie. »Ich könnte Amy ein bisschen ärgern.« Für sie war es immer noch sehr exotisch, dass die Lilienstedts einen Haushaltsroboter besaßen.

»Lieber nicht«, erwiderte Laura. »Amy ist momentan sehr empfindlich. Ich würde sagen, sie entwickelt Gefühle – wenn das nicht unmöglich wäre.«

»Ach weißt du, nach dem, was du mir über den achten Tag erzählt hast, kann mich nichts mehr schrecken«, meinte Olivia. »Ich komme mit, aber höchstens für eine Stunde.«

Sie fuhren mit dem Bus zum Akeleiweg. Olivia begleitete Laura in den Aufzug und fuhr mit ihr in den achten Stock. Amy öffnete, ohne dass Laura geklingelt hatte. Sie musste den Fahrstuhl gehört haben.

»Hallo, Amy«, sagte Olivia. »Du siehst heute wirklich blendend aus.«

»Danke«, schnarrte Amy. »Leider kann ich dass Gleiche nicht von dir sssagen. Du bisssst dünner geworden sseit dem letss-sten Besssuch.«

»Ja, ich habe zwei Kilo abgenommen«, verkündete Olivia stolz. »Ich habe letzte Woche sehr viel Sport gemacht.«

»Du hasssst Untergewicht«, sagte Amy. »Du sssolltesst sssum Arz-st gehen, vielleicht bissst du magerssssüchtig.«

Olivia wechselte einen Blick mit Laura, dann platzten die beiden Mädchen vor Lachen laut heraus.

»Hat Amy auch ein Medizinprogramm?«, japste Olivia. »Ist sie jetzt euer persönlicher Doc?«

»Ja, sie will Elias immer Baldriantee zur Beruhigung andrehen«, witzelte Laura, und die beiden Mädchen lachten noch mehr.

Amys Augen, die grün gewesen waren, begannen zu blinken. Erst wurde das linke Auge rot, dann das rechte. Es war sehr irritierend, besonders, weil Amy jede Bewegung eingestellt hatte. Nur ein leises Klicken war zu hören, wenn die Augen die Farbe wechselten.

»Oje, hoffentlich brennen ihr jetzt nicht wieder die Sicherungen durch«, meinte Laura. »Meine Mutter bringt mich um. Mein Bruder hat Amy erst vor Kurzem lahmgelegt, sodass ein Techniker kommen musste. Die Servicestunden kosten ein Vermögen.«

»Tut mir leid«, sagte Olivia. Sie klopfte Amy auf einen

der Teleskoparme. »Krieg dich wieder ein, altes Mädchen!« Plötzlich schrie sie auf. »Aua! Ich habe eben einen elektrischen Schlag bekommen!«

Laura blickte voller Sorge auf den Roboter. Amys Augen waren jetzt wieder grün.

»Mach das nicht noch mal, Amy!«, sagte Laura warnend.

Daraufhin setzte sich der Roboter wortlos in Bewegung, rollte in den Haushaltsraum und schlug die Tür hinter sich zu.

Laura stieß die Luft aus. »Puh! Ich hab's dir ja gesagt. Sie ist total empfindlich.«

»Hat sie mich wirklich angegriffen?«, fragte Olivia. Sie war immer noch völlig überrumpelt. »Ich glaub's ja nicht. Amy ist richtig gefährlich!«

»Das sagen wir meiner Mutter besser nicht«, meinte Laura. »Sie will Amy ohnehin am liebsten verschrotten lassen.«

»Aber ...«

»Wir waren auch ziemlich gemein zu ihr. Jeder Mensch würde sich da wehren.« Laura schluckte. »Vielleicht müssen wir aufhören, Amy nur als lustige Maschine zu betrachten.«

Olivia zog die Augenbrauen hoch, sagte aber nichts mehr.

# Seltsame Mücken

In Lauras Zimmer lag Samson, der schwarze Kater, auf dem Bett. Er hatte es sich auf dem Kissen bequem gemacht und hob nur kurz den Kopf, als die beiden Mädchen hereinkamen.

Olivia seufzte. »Du hast wirklich ein tolles Zimmer – obwohl mir dein Turmzimmer bei deinem Vater noch viel besser gefällt. Das ist irgendwie gemütlicher.«

Laura nickte und sah sich um. Das Zimmer war zwar groß, aber nüchtern-modern eingerichtet. Auf den gläsernen Regalen standen keine Bücher, sondern nur ein paar stylische Dekorationsstücke, die von Amy täglich abgestaubt wurden und die Samson in seiner wilden Phase gerne einmal herunterwarf.

Olivia setzte sich auf Lauras Bett. Sie druckste ein bisschen herum, dann bat sie: »Kann ich diese geheimnisvolle Taschenuhr mal sehen?«

Laura zögerte. Ein Gefühl sagte ihr, dass die Uhr *für*

*sie* bestimmt gewesen war. Würde es der Magie schaden, wenn Olivia die Taschenuhr berührte?

»Ich weiß nicht, ob das so gut ist.«

Olivia runzelte die Stirn. »Warum soll das nicht gut sein?«

Laura wollte nicht schon wieder einen Streit riskieren, deswegen sagte sie: »Okay. Aber du darfst sie nur anschauen, nicht anfassen.«

Olivia nickte.

Laura zog die Schublade ihres Nachtschränkchens auf. Versteckt unter einer Schreibmappe lag der rote Samtbeutel. Laura nahm ihn vorsichtig heraus, öffnete ihn und ließ die goldene Taschenuhr in ihre Hand gleiten.

»Maunz!« Samson war mit einem Mal hellwach. Er stand auf allen vieren, den Schwanz steil nach oben gereckt.

Olivia beugte sich nach vorne. »Wow! Ist das Gold?«

»Ich vermute es.«

»Dann muss die Uhr irre wertvoll sein.«

»Möglich.« Laura ließ den Deckel der Taschenuhr aufschnappen, sodass Olivia die eingravierte Inschrift lesen konnte.

»*Carpe diem.* Das heißt so viel wie: Nutze den Tag«, erklärte Laura. »Und ganz sicher bezieht sich der Spruch auf den magischen achten Tag. Wenn ich in dieser anderen Welt bin, soll ich die Zeit nutzen.«

Olivia war beeindruckt. »Darf ich die Uhr wirklich nicht anfassen? Ach bitte. Nur kurz!«

Laura zögerte.

In diesem Moment läutete das Telefon. Laura sprang auf. »Ich muss rangehen.« Sie legte die Uhr auf die Bettdecke und eilte aus dem Zimmer.

Über dem Telefon prangte schon Mamas Hologramm-Bild. Laura schnitt eine Grimasse und hob ab.

»Hallo, Mama, was gibt's?«

»Ich bin noch im Krankenhaus, aber ich komme dann nach Hause und bringe Elias mit«, sagte Valerie Lilienstedt freudig. »Und Bernd kommt auch nach. Wir essen gemeinsam zu Abend und feiern Elias' Heimkehr.«

»Oh«, machte Laura nur. Dann zwang sie sich zu einem Lächeln. »Das ist schön, Mama!«

»Wir sind etwa in einer Stunde da«, kündigte Valerie an. »Vielleicht kannst du mal nachsehen, ob in der Wohnung alles in Ordnung ist. Amy ist in der letzten Zeit ein bisschen nachlässig.«

»Okay«, murmelte Laura. Ihre Mutter wollte schon auflegen. »Warte, Mama«, sagte Laura schnell. »Olivia ist zu Besuch. Kann sie bleiben und mit uns essen?«

Valerie überlegte einen Moment. »Mir wäre es lieber, wenn sie ginge. Es könnte Elias stören. Nur Familie, weißt du?« Bevor Laura protestieren konnte, hatte ihre Mutter das Gespräch beendet.

Laura zitterte vor Wut. Es ärgerte sie, dass wegen ihres kleinen Bruders so ein Aufheben gemacht wurde. Mama wollte seine Rückkehr »feiern«. Aber das war es nicht allein. »Nur Familie«, hatte sie gesagt, und doch hatte sie Bernd Asshoff eingeladen. Laura hoffte, dass Asshoff nie, nie, nie zu ihrer Familie gehören würde!

Niedergeschlagen ging sie in ihr Zimmer zurück und sah gerade noch, wie Olivia die Taschenuhr auf die Bettdecke warf, als hätte sie sich daran verbrannt.

»Sorry.« Sie blickte Laura schuldbewusst an. »Ich habe die Uhr nur ganz kurz angefasst, ehrlich! Samson ist mein Zeuge, nicht wahr, Samson?«

»Miau«, sagte der Kater.

»Ich muss dich leider nach Hause schicken.« Laura schluckte mühsam den Ärger hinunter. »Elias wird aus dem Krankenhaus entlassen. Mama bringt ihn nachher nach Hause. Und ihr Freund kommt auch, der blöde Asshoff.«

»Oje.« Olivia berührte mitfühlend ihren Arm. »Da bin ich wohl im Weg. Ich mach mich gleich auf die Socken. Wenn ich mich beeile, kriege ich noch den Bus.«

»Es tut mir leid«, murmelte Laura. »Das ist jetzt wie ein Rausschmiss. Ich wünschte, du könntest bleiben.«

»Wir holen das ein andermal nach«, meinte Olivia. »Versprochen.«

Laura brachte sie noch zur Tür. »Bis morgen.«

»Bis morgen. Und lass dich nicht nerven von diesem doofen Asshoff!«

Als Olivia gegangen war, lehnte sich Laura gegen die Tür. Natürlich freute sie sich auch, dass ihr Bruder so bald aus dem Krankenhaus entlassen wurde. Wenn er doch nur nicht so anstrengend wäre! Sie wusste, dass es an seiner Krankheit ADHS lag. Trotzdem verlor sie regelmäßig die Geduld, weil er einfach zu laut und zu wild war. Aber das Schlimmste daran war, dass sie das Gefühl hatte, dass Mama Elias bevorzugte.

Laura erinnerte sich an Mamas Anweisung und ging durch die Wohnung, um zu kontrollieren, ob sie in Ordnung war. Alles war bestens, Amy hatte ihre Aufgabe nicht vernachlässigt. Laura seufzte, dann klopfte sie an die Tür des Haushaltsraums.

»Amy, komm raus! Es tut mir leid, wenn wir dich gekränkt haben. Aber weißt du … ich muss mich erst noch daran gewöhnen. Normalerweise sind Menschen beleidigt und nicht Roboter. Unser früherer Staubsaugerroboter war kein einziges Mal beleidigt, selbst wenn Samson auf ihm spazieren gefahren ist.«

Sie lauschte. Im Haushaltsraum ertönte ein leises Klicken. Dann ging die Tür auf, und Amy stand vor Laura.

»Ent-s-ssuldigung angenommen.«

»Danke«, sagte Laura erleichtert. »Und das mit dem elektrischen Schlag – mach das bitte nie wieder, okay?«

»Okä«, echote Amy und surrte in Richtung Küche. Dort angekommen, griff sie nach einem Putztuch, um die blank polierten Flächen noch glänzender zu machen.

»Mama kommt nachher mit Elias nach Hause«, sagte Laura zu Amy. »Und dann wird auch noch Mamas Freund auftauchen, Bernd Asshoff. Du musst nichts kochen, Mama will Essen bestellen. Ich denke, du kannst dann einfach Feierabend machen.«

»Muss noch put-szsen«, brummte Amy und wuselte weiter in der Küche herum.

Laura ging in ihr Zimmer und verstaute die goldene Taschenuhr wieder in ihrem Nachtschränkchen. Dann machte sie Hausaufgaben. Zum Glück war es heute nicht viel. Sie war gerade damit fertig, als sie das Geräusch des Aufzugs hörte. Amy kam ihr zuvor und öffnete die Wohnungstür.

Elias marschierte mit einem breiten Grinsen und hocherhobenem Gipsarm herein.

»Hier bin ich wieder!«, trompetete er. »Ich will Burger und eine Riesenportion Pommes!«

»Bekommst du, Liebling«, säuselte Valerie Lilienstedt, die nach ihm die Wohnung betrat und einen blauen Koffer hinter sich herzog. Sonst achtete sie immer auf gesunde Ernährung, aber heute machte sie offenbar eine Ausnahme, zumindest für Elias.

»Wir warten mit der Bestellung noch, bis Bernd da ist«, sagte sie. »Hallo, Laura! Hattest du einen schönen Tag?«

Laura hatte keine Gelegenheit zu antworten, denn Elias stürmte schon an ihr vorbei in sein Zimmer. Zehn Sekunden später drangen die üblichen Computerspiel-Geräusche an Lauras Ohr. Der Krankenhausaufenthalt hatte Elias kein bisschen verändert.

»Ich bin ja so froh, dass es ihm wieder gut geht«, sagte Valerie. »Den Gips muss er allerdings noch eine Weile tragen.« Sie hängte ihre Jacke an die Garderobe.

Elias' Sachen befanden sich in dem blauen Ziehkoffer. Amy hatte ihn schon in Beschlag genommen und sich der schmutzigen Wäsche bemächtigt.

»Alles klar bei dir?« Valerie küsste Laura auf die Wange. Das tat sie nur selten, und Laura war völlig überrascht.

»Ja-aa«, stotterte sie. »Olivia und ich waren Eis essen.«

»Schön. Könntest du bitte zusammen mit Amy den Tisch decken? Die guten Teller und die Stoffservietten von Oma, bitte.«

»Mach ich.«

Bernd Asshoff läutete eine Viertelstunde später. Laura beobachtete amüsiert, dass Amy diesmal wartete, bis

Valerie die Tür öffnete. Doch als Asshoff Lauras Mutter auf den Mund küsste, verschwand das Grinsen aus Lauras Gesicht. Wie konnte sich Mama nur in so einen Mann verlieben? Noch dazu war er ihr Chef!

»Hallo, Laura.« Er streckte ihr die Hand hin.

»Hallo.« Laura kämpfte gegen den Impuls an, ihre Arme hinter dem Rücken zu verstecken. Zögernd nahm sie seine Hand. Sie war irgendwie kalt und abstoßend.

Asshoffs blaugraue Augen ruhten auf ihr. Sie ließen keinerlei Gefühle erkennen.

»Ich freue mich sehr, dass du nächste Woche bei mir arbeitest«, sagte er mit professioneller Freundlichkeit, aber weiß der Geier, was er wirklich dachte! »Ich kann mir vorstellen, dass du in den Pfingstferien etwas anderes vorhattest, aber ich habe dir als Ausgleich ein kleines Geschenk mitgebracht.« Er griff in seine Jackentasche und zauberte ein nigelnagelneues Smartphone hervor. Es war genau die Marke, die sich Laura schon lange gewünscht hatte. Mit ihrem jetzigen Smartphone konnte sie nämlich nicht in der Wohnung telefonieren, weil es nicht mit dem 3-D-Telefon kompatibel war. Die Geräte störten sich gegenseitig, oder genauer: Das 3-D-Telefon störte den Handyempfang und machte jedes Gespräch unmöglich. Wenn Laura mit ihren Freundinnen telefonieren wollte, dann musste sie die Wohnung verlassen – was sehr lästig war.

»Oh, super!« Im ersten Moment freute sich Laura wirklich. Doch eine Sekunde später überwog bereits wieder das Misstrauen. Was veranlasste Asshoff, ihr ein so teures Gerät zu schenken? Das konnte doch nur ein Bestechungsversuch sein!

»Danke, aber das kann ich nicht annehmen«, sagte Laura. »Es ist viel zu teuer.«

Asshoff schüttelte den Kopf. »Kindchen, mach dir darüber keine Sorgen. Ich bekomme solche Geräte zum Einkaufspreis, wirklich. Und ich schenke es dir gerne. Sieh es als Entgelt für das Praktikum an, das wird nämlich nicht bezahlt.« Er lachte kurz auf, so als handele es sich um einen guten Witz. »Übrigens bekommt Elias auch ein Geschenk von mir, und da solltest du nicht leer ausgehen.«

Elias, natürlich! Laura spürte einen Stich Eifersucht in der Brust, es ließ sich nicht verhindern.

»Na gut«, sagte sie und rang sich ein Lächeln ab, obwohl das Wort *Kindchen* noch übel in ihren Ohren nachhallte. »Vielen Dank!« Sie nahm sich vor, das neue Smartphone vorerst nicht zu benutzen.

»Was wollt ihr essen?«, trällerte Valerie, die schon ihre Hand am 3-D-Telefon hatte. »Italienisch, griechisch, chinesisch oder etwas ganz anderes?«

Asshoff wünschte sich ein Rumpsteak, stark blutig, und als Beilage einen Salat. Laura hatte nach dieser Bestellung fast schon keinen Appetit mehr, aber um ihre Mutter zu ärgern, wünschte sie sich dennoch eine Spaghettipizza. Valerie selbst wollte ein Hühnchen süßsauer auf Bambussprossen. Es dauerte eine Weile, bis sie die verschiedenen Wünsche durchgegeben hatte. Unterdessen beobachtete Laura, wie Asshoff den Flur und das Esszimmer intensiv musterte, so als sei er ein Immobilienmakler, der die Wohnung verhökern wollte.

»Zwanzig Minuten«, verkündete Lauras Mutter, nachdem sie das Gespräch beendet hatte.

»Dann kann ich Elias ja schon einmal sein Geschenk geben«, meinte Bernd Asshoff.

Elias maulte, weil er sein Computerspiel unterbrechen musste. Aber als er hörte, dass er ein Geschenk bekommen würde, stieß er einen durchdringenden Schrei aus. Amy, die gerade aus dem Haushaltsraum kam, drehte sich einmal um sich selbst, bevor sie ihren Weg in die Küche fortsetzte.

»Amy, bring uns Getränke!«, rief Valerie. »Für Bernd und mich Weißwein und für Elias und Laura Saft.«

Amy zischte an Laura vorbei, und Laura hörte, wie sie leise »Bitte-danke, bitte-danke« murmelte.

Das Paket für Elias war ziemlich groß. Asshoff legte es auf den Esstisch, ohne darauf zu achten, dass dieser bereits gedeckt war. Laura konnte gerade noch verhindern, dass ein Teller zu Bruch ging.

»Wow, was ist das?«, schrie Elias begeistert und hielt eine Spielkonsole hoch.

»Das ist ein ganz neues Spiel, es ist offiziell noch gar nicht auf dem Markt«, erklärte Asshoff. Er beugte sich väterlich zu Elias hinunter, griff nach einer Dose mit Zubehör und öffnete diese vorsichtig. »Achtung…«

Laura traute ihren Augen kaum, als unzählige kleine metallische Insekten aus der Dose aufstiegen. Zunächst bildeten sie einen grauen Schwarm, zerstreuten sich aber dann in alle Richtungen. Einige klebten bereits an der Wand, andere hingen im Vorhang, und eines dieser metallischen Biester verfing sich in Lauras Haar. Valerie sah wenig begeistert aus, aber sie nahm sich zusammen.

»Das ist das Moskito-Spiel«, sagte Asshoff. »Siehst du diesen Laser-Pointer? Den musst du auf die Mücke richten, dann kehrt sie in die Dose zurück. Ziel des Spiels ist es, so viel Mücken wie möglich in einer Minute einzufangen.«

Elias hantierte bereits mit dem Laserstift. Sobald er eine Mücke traf, gab es einen kleinen Knall. Wie ein Gewehrschuss, nur leiser.

»Cool!«, freute sich Elias und fing im Nu sieben Mücken.

Eine Computerstimme in der Spielkonsole zählte die letzten Sekunden. Danach verkündete sie das Ergebnis.

»Cool!«, rief Elias noch einmal. Er hatte vor lauter Aufregung ein hochrotes Gesicht.

»Und wenn du willst, dass alle ausgeschwärmten Mücken in die Dose zurückkehren, dann drückst du hier auf den roten Knopf«, sagte Asshoff.

Elias drückte darauf, und die Mücken flogen aus allen Richtungen auf Elias zu und verschwanden in der Dose. Elias verschloss sie schnell mit dem Deckel.

Als Laura sich über den Kopf strich, spürte sie, dass der künstliche Moskito immer noch in ihrem Haar saß. Erst wollte Laura etwas sagen, aber aus irgendeinem Grund zupfte sie das metallene Insekt wortlos aus ihrer Strähne. Sie behielt es erst in ihrer Hand, dann ging sie unter einem Vorwand in ihr Zimmer. Dort steckte sie die Mücke in die verzierte Streichholzschachtel, in der sie seit etlichen Jahren ihre Milchzähne aufbewahrte. Sobald sie Zeit hatte, würde sie sich das Insekt einmal genau ansehen. Sie fand das Ding – genauso wie das ganze Spiel – höchst merkwürdig!

Die anderen hatten nichts bemerkt, denn Elias hatte die Moskitos ein zweites Mal losgelassen und feuerte gerade mit Begeisterung auf sie. Er jubelte laut, als die Computerstimme verkündete, dass er einundvierzig Mücken getroffen hatte.

»Du wirst immer besser. Mein Rekord war vierundneunzig«, sagte Asshoff.

»Du spielst es auch?« Elias war begeistert.

»Ja, manchmal in der Mittagspause«, antwortete Asshoff. »Als ich das Spiel zum ersten Mal ausprobiert habe, hab ich gleich an dich gedacht.«

*Schleimer!*, schoss es Laura durch den Kopf. Aber Asshoffs Methode schien zu funktionieren. Elias starrte ihn an, als sei er sein großes Vorbild. Asshoff lächelte dünn, seine Augen jedoch blieben kalt. Laura bekam eine Gänsehaut.

Natürlich gab es wieder ein Protestgeschrei, als Elias das Spiel zur Seite räumen sollte, weil der Kurier das Essen brachte. Valerie, die nervös zwei Mücken aus ihren kurz geschnittenen Haaren zupfte und energisch in die Dose stopfte, war kurz vor dem Ausrasten. Was das Spiel anbelangte, hatte Asshoff nicht bei ihr punkten können.

Laura nahm das Essen in Empfang und bezahlte mit der Kreditkarte ihrer Mutter. Es duftete verführerisch aus den Packungen. Während Valerie und Asshoff Elias dazu brachten, das Spiel in sein Zimmer zu tragen, verteilte Laura das Essen und schenkte die Getränke aus. Amy hatte eine spezielle Vorrichtung am Kinn, mit der sie Weinflaschen im Nu entkorken konnte.

»Danke!«, sagte Laura laut, als Amy die Weißweinflasche geöffnet hatte und ihr reichte. Amys grüne Augen schienen einen Moment lang heller zu leuchten. Dann streckte sie einen ihrer Teleskoparme aus und berührte damit sachte Lauras Hand. Laura war ganz gerührt.

»Weißt du was, Amy?«, sagte sie. »Ich glaube, ich mag dich.«

»Isss mag disss auch«, lispelte Amy zurück.

»Ich schwöre dir, das hat sie früher nie gemacht«, sagte Laura zu Olivia. »Erst in der letzten Zeit. Sie hat Gefühle, ganz sicher.«

Zuvor hatte sie Olivia von dem seltsamen Abend berichtet, von Amy, aber auch von Asshoffs Bestechungsgeschenken.

Nun standen sie in der Pause zusammen und warteten auf Severin. Der schien sich nur schwer von seinen Freunden trennen zu können. Laura brannte darauf, zu erfahren, ob er herausgefunden hatte, wo Magister Darius wohnte.

Erst fünf Minuten vor Pausenende gesellte sich Severin zu den beiden Mädchen.

»Wie geht es deinem Kalong?«, fragte Olivia sofort. Ihre Wangen glühten, und ihre Augen glänzten. Laura seufzte innerlich. Dass Olivia in Severin verknallt war, konnte jeder Blinde erkennen!

»Danke, es geht Jonathan gut«, sagte Severin. »Er wird schon wieder frech.« Er wandte sich an Laura. »Ich habe etwas über Magister Darius herausfinden können. Zum Glück hat er nicht gemerkt, dass ich ihm nachgegangen bin. Er wohnt in der Gartenstraße 8, im ersten Stock. Sein Name ist Darius Vollenweider. Ich habe mithilfe eines Freundes ein bisschen recherchiert. Vollenweider war früher Gymnasiallehrer für Geografie und Physik, wurde aber vorzeitig wegen Krankheit pensioniert.«

Laura nickte. »Gut, jetzt wissen wir etwas mehr über ihn. Was das wohl für eine Krankheit ist? Ist man krank, wenn man keine Fragen erträgt?«

Severin zuckte mit den Schultern. »Möglich. Ganz normal ist das nicht. Und wenn ein Lehrer jedes Mal austickt, wenn ihm jemand eine Frage stellt, kann er auf Dauer sicher nicht unterrichten.«

Laura überlegte, warum jemand wie Magister Darius in die Welt des achten Tages geraten war. Hatte er auch eine goldene Taschenuhr gefunden, die ihm den Weg dorthin gezeigt hatte? Wenn Laura und Severin »ausgewählt« worden waren, um in der magischen Welt ihre Fähigkeiten zu entdecken, welche Funktion hatten dann die Lehrer? Warum unterrichtete jemand, der offenbar nicht zum Unterrichten geeignet war? Fragen über Fragen ... Außerdem war da noch immer die frappierende Ähnlichkeit zwischen Magistra Elisa und Lauras Mutter ...

Es klingelte, die Pause war vorüber. Olivia warf Severin einen schmachtenden Blick zu, bevor sie sich trennten. Severin schien das jedoch nicht mitzubekommen.

»Darf ich mir heute Nachmittag deinen Kalong ansehen?«, rief Olivia im letzten Moment. Es musste sie viel Mut gekostet haben, diese Frage zu stellen.

»Ja, komm einfach rüber«, antwortete Severin – und damit machte er Olivia sehr glücklich.

Sie redete in den restlichen Unterrichtsstunden über nichts anderes mehr. Laura fragte sich, ob Olivia überhaupt begriffen hatte, was für ein großes Geheimnis sie ihr anvertraut hatten und welche Tragweite eine solche Parallelwelt hatte. Offensichtlich war Olivia so verliebt, dass sie nicht mehr richtig denken konnte, oder besser gesagt: nur noch an den einen Jungen.

# Noch mehr Rätsel

Als Laura von der Schule nach Hause kam, war ihre Mutter da.

»Ich habe mir freigenommen, damit Elias nicht allein ist«, meinte sie. »Auf Amy kann ich mich nicht verlassen. Das mit dem Babysitter-Modus funktioniert nicht, und ich habe keine Lust, mich durch die Bedienungsanleitung zu kämpfen. Außerdem ist es gut für Elias, wenn ich mir Zeit für ihn nehme.«

»Du hast ein paar Moskitos im Haar«, stellte Laura fest und zupfte zwei der metallenen Insekten aus der Frisur ihrer Mutter.

»Ach ja, dieses furchtbare Spiel. Elias kann gar nicht genug davon kriegen«, erwiderte Valerie Lilienstedt. »Warum starrst du mich denn so an?«

»Ich habe mir gerade vorgestellt, wie du mit längeren Haaren aussehen würdest«, antwortete Laura. »Musst du sie immer so rappelkurz schneiden lassen?«

Ihre Mutter war leicht irritiert. »Ich finde es so praktischer«, murmelte sie. »Außerdem machen Kurzhaarfrisuren jünger, wenn man ein gewisses Alter erreicht hat.«

»Mit 38 bist du doch noch nicht alt, Mama!«

»Manchmal komme ich mir aber so vor, wenn ich wieder furchtbaren Stress in der Firma habe.« Valerie Lilienstedt seufzte. »Eigentlich wollte ich mit vierzig an dem Punkt sein, dass ich nicht mehr arbeiten muss. Aber die Trennung von deinem Vater hat meine Pläne ganz schön durcheinandergewirbelt. Ich muss unser Leben finanzieren und seins auch noch, weil er einfach nicht wirtschaftlich denken kann.«

Laura fühlte einen Stich in der Brust. Da war sie wieder, die alte Traurigkeit. Insgeheim hoffte sie auf ein Wunder, das ihre Eltern wieder zusammenbringen würde. Sie konnte es auch nicht ertragen, wenn ihre Mutter schlecht von ihrem Vater redete. Die beiden waren eben grundverschieden. Valerie Lilienstedt liebte alle technischen Neuheiten, während Peter Lilienstedt eher der guten alten Zeit nachtrauerte, in der das Leben noch nicht so hektisch gewesen war.

»Amy hat Pfannkuchen gemacht«, sagte Lauras Mutter. »Hast du Hunger?«

Pfannkuchen? Gehörten die nach Mamas Ernährungsplan nicht auch zur tiefroten Kategorie »ungesundes Essen«?

»Pfannkuchen, super!«, freute sich Laura und merkte auf einmal, wie sehr ihr der Magen knurrte. Seit dem Frühstück im Auto hatte sie nichts gegessen. Das halb volle Lunchpaket musste sich noch in ihrem Rucksack befinden, denn in den Pausen war sie zu sehr mit Olivia beziehungsweise mit Severin beschäftigt gewesen.

Elias benahm sich bei Tisch ausnahmsweise sehr friedlich. Valerie hatte ihm den Pfannkuchen in kleine Stücke geschnitten, und er stopfte genüsslich eines nach dem anderen in sich hinein, nachdem er jedes in die leckere Heidelbeersoße getaucht hatte.

Eigentlich ist Elias gar nicht so übel, dachte Laura. Wenn er nur nicht diese Krankheit hätte, die immer zu Gewitterstürmen in seinem Gehirn führte!

Laura schloss für einen kurzen Moment die Augen und stellte sich vor, sie säßen alle gemeinsam in Papas Küche in der alten Villa. Papa würde von seiner Arbeit mit den antiken Möbeln oder von lustigen Kunden erzählen, draußen im Garten würden die Vögel zwitschern, und Samson würde sich auf seinem Lieblingsplatz vor der Terrassentür zusammenrollen. Für einen Augenblick stand das Bild so deutlich vor ihr, dass sie überzeugt war, es wäre Wirklichkeit geworden. Doch dann riss Mamas Stimme sie aus ihren Träumen.

»Ich habe Elias für nächste Woche in einer Ferienbetreuung angemeldet. Es ist zwar völlig überteuert, aber es sind nur sehr kleine Gruppen, sodass man sich intensiv um ihn kümmern kann. Dort werden pädagogisch wertvolle Spiele gemacht, die Kinder halten sich auch viel im Freien auf, und mittags gibt es eine vollwertige Mahlzeit. Ideal.«

Elias blickte von seinem Pfannkuchen auf. »Und warum kann ich in den Ferien nicht zu Papa?«

Valerie war von dem Einwand so überrascht, dass ihr zunächst die Worte fehlten. Bisher war es immer Laura gewesen, die für Papa und die alte Villa schwärmte. Elias hatte es dort meistens sterbenslangweilig gefunden.

»Aber Schatz, von der Ferienbetreuung habe ich dir doch schon erzählt.« Lauras Mutter hatte sich wieder gefangen. »Und außerdem ist Papa ja bestimmt wieder mit seinen alten Möbeln beschäftigt, mit giftigen Lacken und so.«

»Papa verwendet nur umweltfreundliche Materialien«, mischte sich Laura ein.

»Ich will zu Papa«, beharrte Elias.

»Liebling, ich habe dich schon angemeldet«, erwiderte Valerie. »Es wird dir dort gefallen, ganz sicher.«

Elias zog eine Schnute und stocherte einhändig in seinen Pfannkuchen. Amy kam angesurrt und wartete neben ihm mit einer frischen Ladung.

»Wenn es dir gar nicht gefällt, darfst du in der zweiten Ferienwoche zu Papa«, sagte Valerie diplomatisch.

»Na toll, und ich muss die ganze Zeit dieses doofe Praktikum machen«, murrte Laura und winkte Amy herbei, weil sie eine zweite Portion Pfannkuchen haben wollte.

»Nach den Ferien wirst du stolz auf dich sein, Laura«, meinte Valerie. »Alle aus deiner Klasse werden dich beneiden.«

Elias stand wortlos auf und verschwand in sein Zimmer. Kurz darauf flog ein neuer Schwarm elektronischer Mücken durch die Wohnung. Amy schoss in die Küche, ihre metallenen Finger griffen nach einer Fliegenklatsche, und eine Sekunde später war die Roboterdame auf der Jagd. Die Klatsche zischte durch die Luft, und die Mücken purzelten auf den Boden. Amys grüne Augen strahlten. Ihre Trefferquote war nicht schlecht. Die Moskitos waren eine Zeit lang wie benommen, aber die meisten starteten dann neu und flogen leicht orientierungslos durch die Gegend.

»Amy stört mein Spiel!«, beschwerte sich Elias lauthals.

»Ach Quatsch, Amy spielt nur mit!«, rief Laura zurück.

Valerie Lilienstedt presste ihre Hände gegen die Schläfen. »Ich halte es nicht mehr aus«, murmelte sie. »Dieses Irrenhaus …«

Eigentlich hatte sich Laura vorgenommen, ihr neues Smartphone nicht anzurühren. Schließlich stammte es von Asshoff, und sie würde sich auf keinen Fall von ihm bestechen lassen. Doch die Versuchung war schließlich zu groß. Mit diesem Smartphone konnte sie Olivia anrufen und hören, wie ihr Treffen mit Severin verlaufen war.

Nach dem Abendessen hielt Laura es nicht mehr aus. Sie hatte das neue Smartphone inzwischen dreimal in die Hand genommen und wieder weggelegt. Nun wählte sie Olivias Nummer.

»Olivia Maurer?« Die Stimme der Freundin klang leicht verunsichert.

»Hallo, ich bin's, Laura.«

»Du hast eine neue Nummer?«

»Ein ganz neues Smartphone. Hab ich dir doch erzählt. Das von Asshoff.«

»Ich hab dir ja gesagt, es ist blöd, wenn du es nicht benutzt.« Olivia lachte. Sie schien gute Laune zu haben.

»Hast du Severin getroffen?«

»Ja, wir haben über zwei Stunden lang mit Jonathan gespielt.« Olivia seufzte glücklich. »Ich glaube, er mag mich.«

Laura spürte einen klitzekleinen Stich in der Brust, ohne zu wissen, warum.

»Er hat mir aus der Hand gefressen.«

Jetzt erst kapierte Laura, dass Olivia von Severins Kalong redete. Sie lachte.

»Und bei dir?«, wollte Olivia wissen.

»Amy hat Mücken gejagt, du hättest dich kaputtlachen können«, erzählte Laura. »Diese Metallmücken aus Elias' Spiel. Grässliche Viecher.«

»Klingt nach einem doofen Spiel.«

»Das ist es. Stammt ja auch von Asshoff.«

»Du scheinst den Freund deiner Mutter ja wirklich gut leiden zu können«, meinte Olivia ironisch.

Laura seufzte. »Themenwechsel, bitte.«

Noch nie hatte Laura das Wochenende so herbeigesehnt wie diesmal. Es war sehr anstrengend, dass ihre Mutter nachmittags zu Hause war. Sie bestand darauf, dass Laura gleich nach dem Mittagessen ihre Hausaufgaben erledigte. Danach wurde Laura für zwei Stunden in den Fitnessraum geschickt. Der Raum befand sich im Keller des Gebäudes, und alle Bewohner durften ihn benutzen. Lustlos joggte Laura auf dem Laufband, während ein dicker Mann aus dem vierten Stock einige Meter von ihr entfernt Gewichte stemmte und dabei ächzte und stöhnte. Laura stöpselte ihre In-Ear-Kopfhörer ein. Die schnellen Beats der Musik feuerten sie an, und sie steigerte die Geschwindigkeit des Laufbands. Vor ihr auf dem Bildschirm erschien ein Wald. Laura schien immer schneller zwischen den Bäumen hindurchzulaufen. Sie begann zu schwitzen. Die Beine wurden schwerer, aber sie achtete nicht darauf. Ein paar Minuten später wurde alles leichter. Sie lief und lief und hatte das Gefühl, dass sie mühelos bis ans Ende der Welt rennen konnte.

Mit einem Mal tauchte vor ihr ein Park mit einem See auf. Laura hatte den Eindruck, am Ufer entlangzulaufen. Schmetterlinge gaukelten durch die Luft. Als sich der Blickwinkel veränderte, keuchte Laura vor Überraschung. Auf einer Insel im See erhob sich ein Gebäude mit acht Türmen! Die *Schule der Ewigkeit* …

Laura stoppte abrupt und fiel fast vom Laufband. Als sie sich wieder gefangen und das Laufband auf langsame Geschwindigkeit gestellt hatte, war auf dem Bildschirm wieder nur der Wald zu sehen. Jetzt erst merkte Laura, wie sehr sie sich verausgabt hatte. Der Schweiß rann ihr in Strömen über den Rücken, sodass das T-Shirt regelrecht klebte.

Erschöpft ließ sich Laura auf eine Gymnastikmatte fallen und trank ihre Wasserflasche leer.

Der Mann war mit dem Gewichtheben fertig, setzte sich auf und trocknete mit einem Handtuch den Schweiß auf seiner Stirn.

»Na, Training für heute schon beendet?«, rief er Laura zu.

»Jeder braucht mal eine Pause«, erwiderte sie.

»Ob Sport wirklich so gesund ist, wie man sagt? Wär doch blöd, wenn die ganze Quälerei umsonst wäre!«

Sie zuckte mit den Schultern, denn sie hatte keine Lust, mit dem Typen eine Unterhaltung zu führen. Sie wollte ihre Ruhe, um nachdenken zu können.

»Du wohnst im achten Stock, richtig? Lilienstedt, nicht wahr? Ich treffe deine Mutter manchmal im Aufzug.«

»Ich muss weitermachen.« Laura stand auf und tippte auf ihr Fitnessarmband. »Sonst bekomme ich nicht genügend Punkte zusammen.«

Ihre Taktik hatte Erfolg, der Mann kapierte endlich, dass sie nicht an einem Gespräch interessiert war. Er verließ den Raum.

Obwohl Laura so erschöpft war, lief sie noch einmal los. Aber auf dem Bildschirm waren jetzt nur Bäume zu sehen. Sie stellte das Laufband schneller und mobilisierte ihre letzten Kräfte. Vergebens. Wald, nichts als Wald. Hatte sie sich getäuscht? War die magische Welt nur in ihrer Einbildung aufgetaucht?

Sie gab es auf und ruhte sich auf der Matte aus.

Vielleicht hatte auch eine Turbulenz die Welt hier und die Welt des achten Tages kurz miteinander vermischt. Oder es gab eine andere Erklärung – beispielsweise, dass jemand die magische Welt gefilmt und die Aufnahmen dann in dieses Computerprogramm eingespielt hatte. Aber wer hatte das getan und warum?

Laura schloss die Augen, als gelänge es ihr auf diese Weise leichter, das Rätsel zu lösen. Neulich bei dem Theaterstück, zu dem ihr Vater Teile des Bühnenbildes erstellt hatte, war ein Vers gesprochen worden, der sie an das Gedicht erinnerte, das bei der goldenen Taschenuhr gelegen hatte. Und hier, im Akeleiweg 8, wohin ihre Mutter gezogen war, fand sie einen Film über die Welt des magischen achten Tages.

Konnte es sein, dass zwischen ihren Eltern und dieser zauberhaften Parallelwelt eine Verbindung existierte? Aber wo waren diese Verbindungsstücke, und warum gab es sie? Bestand über die magische Welt gar die Möglichkeit, ihre Eltern wieder miteinander zu versöhnen?

Autsch! Ein scharfer Schmerz durchfuhr Lauras Stirn, so als würde sich ein Pfeil in sie bohren. Seit sie die fremde Welt entdeckt hatte, bekam sie öfter Kopfschmerzen als früher.

Ob sie mit Severin über das Rätsel reden konnte? Olivia war wahrscheinlich nicht die richtige Ansprechpartnerin. Und Valerie Lilienstedt erst recht nicht. Für Mama zählte nur das, was man sehen konnte und was beweisbar war. Alles Fantastische schien ihr ein Gräuel zu sein. Sie mochte keine Märchen und hatte immer geschimpft, wenn Peter Lilienstedt Laura von Elfen und

Feen, Menschenfressern und Trollen erzählt hatte oder von Zaubertränken, die imstande waren, Menschen in Tiere zu verwandeln.

Laura seufzte. Ob sie irgendwann eine befriedigende Antwort finden würde?

»Papa!« Laura flog in die Arme ihres Vaters. Er hob sie hoch und wirbelte sie herum, so als wäre sie nicht dreizehn, sondern drei Jahre alt.

»Ich freu mich so, dass ich bei dir bin«, stieß Laura aus, nachdem er sie wieder auf dem Boden abgestellt hatte. »Diese Woche war so lang! An den Wochentagen dehnen sich die Stunden wie Kaugummi, und wenn ich bei dir bin, dann fliegen die Minuten nur so dahin!«

»Ja, die Zeit ist ein großes Rätsel«, brummte Peter Lilienstedt und zwinkerte vergnügt. »Bei mir ist es umgekehrt: Die Woche fliegt dahin – und meine Kunden beschweren sich, wenn ich länger für ihre Möbel brauche als geplant.«

»Dann wäre ein achter Wochentag wohl nicht schlecht«, sprudelte es aus Laura heraus, ohne dass sie es wirklich beabsichtigt hatte. »Ein extra Tag – nur für dich.«

»Das wäre toll.« Ihr Vater schmunzelte. »Sag mir, wenn du so einen Tag gefunden hast. Ich bin dabei.«

Lauras Herz begann, aufgeregt zu schlagen. Was sollte

diese Bemerkung? War das nur so dahingesagt oder ein Hinweis darauf, dass er über den Achttag Bescheid wusste?

Papa blickte sie fröhlich und zugleich arglos an. Sie hatte keine Ahnung, was in seinem Kopf vorging. Dabei hatte sie doch in der magischen Welt begonnen, die Gedanken anderer Leute lesen zu können!

»Glaubst du daran, dass es so was geben könnte?«, hakte sie vorsichtig nach. »Einen extra Tag, der nicht im Kalender steht? Nur für bestimmte Leute oder so?«

Peter Lilienstedt runzelte die Stirn. »Wäre das nicht ein bisschen ungerecht, mein Spatz? Wer soll denn so einen extra Tag bekommen? Reiche Leute vielleicht, damit sie ihr freies Wochenende verlängern können?«

Laura presste die Lippen zusammen. Sie wusste keine rechte Antwort, und ihr Gefühl sagte ihr, dass es besser war, nicht weiter auf diesem Thema herumzureiten. Papa hatte vorhin einen Spaß gemacht, mehr nicht. Sie musste aufhören, sich einzureden, dass ihre Eltern etwas mit dem magischen achten Tag zu tun hatten.

Der Freitagnachmittag verging wie im Flug. Laura half ihrem Vater, Kirschen zu ernten, zu entkernen und einzukochen. Am Abend war die Küche ein Schlachtfeld, und Laura hatte Bauchweh vom vielen Kirschenessen.

Sie räumten das Gröbste weg, danach machte Papa Feuer in einem Feuerkorb, und sie saßen, in Decken gehüllt, auf der Terrasse. Papa besaß einen Uralt-Kassettenrekorder, der noch funktionierte. Sie hörten ein Märchen-Hörspiel, futterten dabei die letzten Haselnüsse aus dem vergangenen Herbst und beobachteten die Glühwürmchen, die im hinteren Teil des Gartens ein wahres Feuerwerk veranstalteten.

»So schön«, sagte Laura sehnsüchtig. »Ich wünschte, so könnte es immer sein. Ich bin viel lieber hier als in der Stadt.«

»Du kommst nach mir«, murmelte ihr Vater. »Ich kann auch nicht in der Stadt leben. Ich brauche einen Garten, um einfach mal vor die Tür gehen zu können. Und dann diese faszinierende alte Villa – mir scheint, sie hat ihre Geheimnisse. Jede Mauer könnte mir etwas von früheren Zeiten erzählen …« Er verstummte.

Jetzt wäre der richtige Zeitpunkt, dachte Laura. Ich könnte ihm alles anvertrauen … Aber gerade, als sie den Mund aufmachte, stand ihr Vater auf. »Ich hole mir noch ein Bier. Willst du auch noch was zu trinken?«

»Apfelsaft, bitte«, sagte Laura. Mist, jetzt war die schöne Gelegenheit vorbei!

Nach einigen Minuten kam ihr Vater wieder, stellte die Getränke auf den Tisch und legte Feuerholz nach. Die Funken sprühten zischend in die Höhe.

»Ich würde nächste Woche lieber ein Praktikum bei dir machen«, sagte Laura. »Du könntest mir bestimmt viel beibringen, was alte Möbel angeht. Aber stattdessen muss ich in die blöde Firma, in der Mama arbeitet. Noch dazu in Asshoffs Büro. Warum macht Mama so etwas? Warum zwingt sie mich dazu? Sie weiß doch, dass ich lieber bei dir bin!«

»Sie wird ihre Gründe haben«, meinte Papa und trank einen Schluck Bier.

»Ich kann den Typen nicht leiden«, beschwerte sich Laura.

»Vielleicht möchte sie dir die Chance geben, ihn besser kennenzulernen«, sagte Peter Lilienstedt.

»Das will ich gar nicht.« Laura holte tief Luft. »Ich wünschte, Mama hätte ihn nie getroffen. Ich wünschte sie würde nicht mit ihm ausgehen. Ich wünschte ... du und Mama, ihr wärt noch zusammen ...«

»Ach Laura«, Peters Stimme klang ein bisschen traurig, »das sind ziemlich viele Wünsche auf einmal. Und du weißt ja, dass nicht alles in Erfüllung geht.«

»Ja«, murmelte Laura mit zugeschnürter Kehle, »das weiß ich.«

Der Samstag ging im Nu vorbei. Die Stunden legten wieder einmal Galopptempo vor. Laura backte mit ihrem Vater zuerst einen Kirschkuchen, dann säuberten sie das Salatbeet. Die Pflanzen waren in den letzten Tagen mächtig in die Höhe geschossen.

»Schade, dass man den Salat nicht mehr essen kann«, meinte Laura.

»Ja, er taugt höchstens noch für eine Schildkröte«, scherzte ihr Vater.

Laura musste einen kurzen Moment an Euphemia denken, Shirins Schildkröte, die so beruhigende Melodien summen konnte. Ob sie auch Mama oder Elias beruhigen würden? Vielleicht konnte sich Laura die Schildkröte einmal ausleihen!

Gemeinsam säten sie Radieschensamen aus. Danach ging Papa in seine Werkstatt, um ein Nachtschränkchen fertig zu machen. Laura zog sich in ihr Turmzimmer zurück und vertiefte sich in ein Märchenbuch. Und schwupps, war der Abend da, der ähnlich verlief wie am Tag zuvor.

Am Sonntagvormittag tauchte unerwartet Olivia auf. Laura trug eine alte Schürze und Gummihandschuhe. Sie war dabei, mit einem weichen Lappen Bienenwachs auf das Nachtschränkchen aufzutragen.

»Hallo«, sagte Olivia fröhlich, »störe ich?«

»Du störst nie«, erwiderte Laura. Sie strich liebevoll über das gemaserte Holz. »Sieht das nicht toll aus? Papa weiß, womit man Holz am besten behandelt.«

Olivia berührte probeweise das Schränkchen. Dann kam sie ohne Umschweife zum Grund ihres Besuchs. »Kann ich mir die Taschenuhr von dir mal ausborgen?«

*Nein!!!*, schrie sofort Lauras innere Stimme. *Auf gar keinen Fall!*

»Warum?«, fragte Laura.

»Ich … ich würde diese Welt auch gerne sehen«, sagte Olivia. »Ich weiß ja noch immer nicht, ob du dir die Sache nicht nur ausgedacht hast. Vielleicht macht ihr euch einen Riesenspaß, du und Severin!«

Laura spürte, wie sie wütend wurde. »Das denkst du von uns?«

»Na ja … nicht wirklich. Aber ich hätte lieber einen Beweis. Ein Blick auf diese Schule würde mir schon genügen.«

»Keine Ahnung, ob man so eine Taschenuhr einfach verleihen darf.«

»Komm schon, Laura! Wir sind doch Freundinnen! Im umgekehrten Fall würde ich dir die Taschenuhr auch ausleihen!«

Laura überlegte. Was würde passieren? Würde die Taschenuhr auch bei Olivia funktionieren, oder klappte das nur bei jemandem, der für das Abenteuer bestimmt war?

»Ich weiß nicht, ob du zu den Auserwählten gehörst.« Laura hatte den Satz kaum ausgesprochen, als ihr klar wurde, wie arrogant er klang.

Olivias Gesicht verfinsterte sich sogleich. Bevor sie etwas sagen konnte, redete Laura weiter.

»Okay, ich meine … es könnte bei dir vielleicht nicht funktionieren. Die drei anderen Mädchen in meinem Zimmer sind auch ganz zufällig auf so eine Uhr gestoßen. Sie haben sie von niemandem bekommen. Ich glaube, die Uhr muss dich finden, auch wenn sich das jetzt blöd anhört.«

»Wir könnten es wenigstens mal versuchen«, bettelte Olivia. »Nur einmal. Wenn es nicht klappt, dann ist es eben so. Aber ich weiß, dass du mir vertraust.«

*Dass du mir vertraust …* Dagegen ließ sich schlecht etwas sagen. Laura fühlte, wie ihr Widerstand bröckelte. Sie wollte nicht schon wieder Streit mit Olivia.

»Also gut. Ich leihe sie dir, aber morgen gibst du sie mir zurück.« Laura schluckte. Bedeutete das, dass sie diesmal den Achttag versäumte? Wenn ja, würde das Konsequenzen für sie haben? Bezog dann etwa Olivia das Zimmer, das Laura bisher mit Shirin, Anouk und Merle geteilt hatte?

Olivia blickte Laura erwartungsvoll an.

»Die Taschenuhr ist oben in meinem Zimmer«, sagte Laura. »Ich hole sie, sobald ich mit dieser Arbeit fertig bin.«

Olivia nickte und setzte sich auf einen Stuhl, um geduldig zu warten.

Der Geruch aus Bienenwachs und Terpentin stieg Laura stärker in die Nase als zuvor. Vor Olivias Besuch hatte sie sich gefreut, dass sie ihrem Vater helfen durfte. Jetzt wollte sie die Arbeit nur noch zu Ende bringen.

»Wenn das Bienenwachs getrocknet ist, dann wird das Holz noch mit einer Bürste poliert«, sagte Lauras Vater, der plötzlich hinter ihnen aufgetaucht war. Er legte den Arm um Laura. »Soll ich dich ablösen, damit du Zeit für deine Freundin hast?«

Laura lächelte ihn dankbar an. Schnell befreite sie sich von den Gummihandschuhen und der Schürze, dann kletterte sie mit Olivia die Wendeltreppe in ihr Turmzimmer hinauf. Olivia ließ sich sofort auf das große Himmelbett fallen.

»Ich fühle mich wie eine Prinzessin! Hier drin könnte echt ein Film gedreht werden! Was für ein tolles Zimmer.«

Laura ging zu ihrem Rucksack und holte den roten Samtbeutel aus einem Seitenfach.

»Hier drin ist die Uhr«, sagte sie zu Olivia. »Zusammen mit dem Gedicht. Pass gut auf alles auf.«

Olivia nickte. »Versprochen.« Sie steckte den Samtbeutel in ihre Handtasche. Danach hatte Olivia es ziemlich eilig.

»Bleibst du nicht zum Mittagessen?«, fragte Laura. »Du bist doch eben erst gekommen!«

»Tut mir leid, aber wir kriegen heute Nachmittag Besuch«, erklärte Olivia. »Onkel Niels und Tante Sarah mit ihren sechsjährigen Zwillingen, die mindestens genauso nervig sind wie dein Bruder.«

»Oje«, sagte Laura. »Das hört sich nicht gerade nach einem lustigen Nachmittag an.«

»Was soll's«, meinte Olivia. »Ich bin jedenfalls unheimlich gespannt, was heute Nacht passieren wird. Tausend Dank für die Uhr!«

Laura brachte Olivia noch bis zur Bushaltestelle und winkte ihr nach.

Als der Bus abgefahren war, wurde Laura ein bisschen traurig. Die Uhr war weg – und wahrscheinlich würde nun Olivia in den Genuss des achten Tages kommen, während er für Laura ausfiel. Also kein Wiedersehen mit Anouk, Shirin und der geheimnisvoll-düsteren Merle!

»Schade«, murmelte Laura. Die neuen Freundinnen begannen ihr schon jetzt zu fehlen.

Und morgen musste sie auch noch in die Firma TEMP zu Asshoff!

# Der achte Tag fällt aus

Laura war sehr gereizt, als sie am Sonntagabend in den Akeleiweg zurückkehrte. Elias musste für die Ferienbetreuung einige Sachen zusammenpacken, was er nur unter Protestgeschrei tat. Zwischendrin ließ er sich immer wieder von seinem Moskito-Spiel ablenken. Valerie Lilienstedt platzte schließlich der Kragen.

»Wenn du jetzt noch einmal dieses verd…verflixte Spiel spielst, dann werfe ich es eigenhändig in den Müll, Elias! Überall tritt man auf diese Mücken, und ich habe den Eindruck, es werden immer mehr anstatt weniger! Elias, hörst du mir überhaupt zu?«

Laura wollte ihre Ruhe und ging in ihr Zimmer. Der Gedanke an das Praktikum lag ihr schwer im Magen. Vierzehn Tage lang! Gut, die Wochenenden waren frei, aber trotzdem erschien ihr das wie eine Ewigkeit. Die Ferien hätten so schön sein können! Aber Mama mit ihren Plänen hatte ihr alles verdorben…

Ja, und nicht einmal auf den magischen achten Tag konnte sich Laura freuen. In wenigen Stunden würde für die Besitzer und Besitzerinnen der goldenen Taschenuhren wieder ein Extratag beginnen, der gespickt war mit Abenteuern und magischen Erlebnissen. Jetzt, da Olivia die Uhr hatte, war sich Laura nicht sicher, ob es sie wieder in die Parallelwelt beamen würde. Vermutlich begann um Mitternacht ein stinknormaler, langweiliger Montag!

Laura war nicht fähig, an etwas anderes zu denken. Sie versuchte, sich abzulenken und zu lesen, aber sie konnte sich nicht auf das Märchenbuch, das sie im Schrank unter ihrer Wäsche versteckt hatte, konzentrieren. Schließlich nahm sie ihren E-Book-Reader zur Hand und sah sich das Verzeichnis der Bücher an, die darauf gespeichert waren. Ein paar englische Titel, um die Sprache zu üben. Ein Sachbuch über Astrophysik und die Quantenwelt. Und die Deutschlektüre aus dem vorigen Schuljahr, die die Klasse bis zum Erbrechen hatte durchkauen müssen. Laura schleuderte den Reader aufs Bett und starrte vor sich hin.

Die Minuten vergingen quälend langsam. Laura hätte schwören können, dass sie sich in einer anderen Zeitzone befand als nachmittags in der alten Villa bei Papa. Schließlich war es nur noch eine Stunde bis Mitternacht. Laura gähnte ständig. Obwohl sie sich bemühte, wach zu bleiben, fielen ihr schließlich die Augen zu.

Sie erwachte, als ihr neues Smartphone klingelte. Das Display zeigte Olivias Foto an. Es war null Uhr zwanzig.

Bestimmt ruft sie an, weil sie mir erzählen will, was sie erlebt hat, dachte Laura. Sie hatte ziemlich schlechte Laune. Der Achttag – das war etwas, was ihr gehörte. Und jetzt hatte sie das Ganze einfach aufs Spiel gesetzt, weil sie Angst vor einem neuen Streit mit Olivia gehabt hatte.

»Hallo, Olivia«, meldete sich Laura. Sie konnte nicht verhindern, dass ihre Stimme mürrisch klang. Olivia sollte ruhig merken, wie mies sie sich fühlte.

Im Hörer ertönte ein verzweifeltes Schluchzen.

»Sie ... sie ist weg, Laura. Ich ... ich schwöre, ich hab nichts gemacht. Die Uhr ist einfach verschwunden. Es kann sie auch niemand genommen haben. O Laura ... das ist unheimlich!«

»Was ist los?«, fragte Laura alarmiert und richtete sich kerzengerade auf. »Die Taschenuhr ist weg? Olivia ...« Sie wusste nicht mehr, was sie sagen sollte. Das durfte nicht wahr sein! Wenn Olivia die Taschenuhr verloren hatte, dann war die Tür zu der magischen Welt vielleicht für immer verschlossen!

»Der Samtbeutel ist noch da«, teilte Olivia ihr schniefend mit. »Und auch das Gedicht. Ich war eben nur kurz auf dem Klo, und als ich wiederkam, befand sich die

Uhr nicht mehr im Beutel. Hier schlafen alle, und sonst war niemand da. Glaubst du … glaubst du an Geister, Laura?«

Laura konnte sich nicht mehr beherrschen. »So ein Mist!«, schrie sie Olivia an. »Jetzt ist alles kaputt! Ach, hätte ich dir die Uhr doch niemals gegeben!«

»Es tut mir ja so leid … Ich mache es wieder gut …«

In diesem Augenblick nahm Laura eine Bewegung in ihrem Zimmer wahr. Die Tür war anscheinend nur angelehnt, und Kater Samson kam herein. Seine gelben Augen leuchteten im Dunkeln. Mit einem Satz sprang er auf Lauras Bett und rollte sich auf ihrem Bauch zusammen. Etwas Goldenes schimmerte in seinem Fell. Laura sah genauer hin und entdeckte, dass die vermisste Taschenuhr um seinen Hals hing. Ein Stein fiel ihr vom Herzen.

»Samson, wie hast du denn das angestellt?«, fragte sie verwundert.

Olivia war immer noch am Telefon.

»Es ist alles in Ordnung«, sagte Laura in ihr Smartphone. »Samson hat mir eben die Uhr zurückgebracht.«

»Dein Kater?«, rief Olivia überrascht. »Wie soll das gehen? Von dir zu mir ist es ein weiter Weg, das kann er unmöglich in einer halben Stunde schaffen. Außerdem ist er bestimmt nicht in unsere Wohnung hineingekommen, die ist abgeschlossen, und es steht auch kein Fenster offen. Bist du dir sicher, Laura, oder nimmst du mich auf den Arm?«

»Samson ist hier, die Uhr ist hier, und es ist alles gut«, sagte Laura ruhig. »Und an die Magie des achten Tages muss man sich erst gewöhnen. Glaubst du mir jetzt, dass es den Achttag und diese wunderbare Welt wirklich gibt?«

»Das muss ich wohl«, meinte Olivia kleinlaut.

Laura hatte das Gespräch erst wenige Minuten beendet, als ihr Smartphone wieder klingelte. Diesmal war es eine ihr unbekannte Nummer, und Laura meldete sich sehr vorsichtig. Jemand, der mitten in der Nacht bei ihr anrief, musste einen guten Grund haben.

»Ich bin's, Severin«, sagte eine Jungenstimme. »Ich wollte mich nur erkundigen, ob du vielleicht ausgestiegen bist. Ich habe volles Verständnis dafür, wenn dir das alles zu viel wird.«

»Was meinst du mit ›ausgestiegen‹?«, fragte Laura nach.

»Aus dem achten Tag.«

»O nein, das bin ich nicht. Es ist nur … ich hatte die Uhr verliehen.«

»Verliehen?«

»An Olivia. Sie wollte nicht glauben, was wir ihr erzählt haben. Ich gab ihr die Uhr, weil Olivia hoffte, dann auch in den achten Tag zu rutschen. Aber es hat nicht geklappt.«

Severin schwieg.

»Bist du noch dran?« Laura wurde unruhig.

»Ja. Das war sehr leichtsinnig, finde ich.« Seine Stimme klang vorwurfsvoll. »Sie gehört nicht zu unserem Kreis. Und wenn wir etwas nicht gebrauchen können, dann sind es Zuschauer. Wir haben eine wichtige Mission zu erfüllen.«

Laura schnappte nach Luft. In ihr mischten sich ohnehin schon die widersprüchlichsten Gefühle – Enttäuschung, dass sie den achten Tag versäumt hatte; Ärger, dass sie sich von Olivia hatte überreden lassen; Angst vor dem Praktikum bei Asshoff –, und jetzt kam Severin noch so überheblich daher!

»Ich weiß selbst, dass wir eine Aufgabe haben«, schnaubte sie ins Telefon. »Aber zählt so etwas wie Freundschaft überhaupt nicht? Weißt du was? Mich hat niemand gefragt, ob ich die Welt des achten Tages überhaupt kennenlernen will. Ich bin einfach in die Sache hineingezogen worden. Und mir ist es eigentlich egal, was passiert. Ich pfeife auf den Achttag!«

Damit beendete sie das Gespräch. Das Herz schlug ihr bis zum Hals, so unglaublich wütend war sie. Wer war Severin, dass er ihr Vorwürfe machen durfte? Seinetwegen hatte der Stress mit Olivia ja erst begonnen!

»Der kann mir gestohlen bleiben!«, zischte Laura.

Das Smartphone klingelte erneut. Es war dieselbe Nummer wie zuvor. Laura drückte das Gespräch weg. Dann schaltete sie das Smartphone ganz aus. Es war schließlich mitten in der Nacht, und sie hatte keine Lust mehr, darüber zu diskutieren, was sie alles falsch gemacht hatte. Sie wollte auch nicht hören, was sie vielleicht versäumt hatte, weil sie diesmal den Achttag verpasst hatte.

»Mir doch egal«, murmelte Laura vor sich hin und zog sich die Bettdecke über den Kopf. Am liebsten wollte sie für immer so bleiben: in einer dunklen Höhle, ganz allein mit sich und ihren Gedanken …

Samson maunzte und legte sich direkt auf ihren Kopf, sodass Laura notgedrungen wieder aus ihrem Gedankenmeer auftauchen musste. Seine gelben Augen schimmerten unergründlich. Laura streckte den Arm aus und schloss ihre Hand um die goldene Taschenuhr. Plötzlich wurden all ihre chaotischen Gefühle zu einer einzigen Tränenflut.

»Samson, ich mache alles falsch«, schluchzte sie. »Ich wollte mich nicht mit Severin streiten, und ich will auch nicht den achten Tag aufgeben. Es ist nur …«, sie schniefte, »immer kommt alles anders, als ich es will. Nichts klappt! Mama hat diesen blöden Asshoff zum Freund, bei dem ich auch noch mein Praktikum machen muss. Papa glaubt nicht mehr daran, dass er und Mama wieder zusammenkommen. Olivia ist enttäuscht, und Severin hält sich für etwas Besseres… Ach, was hat denn überhaupt noch einen Sinn?«

Samson kuschelte sich an ihren Kopf. Sie spürte sein weiches Fell. Es fühlte sich vertraut an und schenkte ihr ein kleines bisschen Trost.

»Du bist der Einzige, der mich versteht, Samson«, murmelte sie und kraulte den Kater zwischen den Ohren, was er besonders liebte. »Du kennst auch den Achttag, selbst wenn du dich dort meistens in die Küche oder sonst wohin verdrückst. Wenn du mir nur sagen könntest, was ich machen soll, damit ausnahmsweise mal alles glattläuft.« Sie seufzte tief.

Zu ihrer Verwunderung begann Samson zu sprechen.

»Keine Sorge, Laura«, sagte er. »Alles wird gut.«

Wie? Warum konnte Samson reden – an diesem ganz normalen Montag? Das konnte er doch sonst nur am achten Tag!

Hatten ihr ihre Sinne einen Streich gespielt?

»Sag das noch mal, Samson«, verlangte sie. »Bitte!«

Der Kater sah sie mit seinen gelben Augen an. »Maunz!«

»Nein, das, was du vorhin gesagt hast.«

»Maunz!«

Täuschte sie sich, oder wirkte Samson etwas genervt?

Er hat nichts gesagt, dachte Laura enttäuscht. Das habe ich mir nur eingebildet. Schade!

*Du hast meine Gedanken gelesen!*

»Wie?« Laura zuckte zusammen, als sie die Stimme in ihrem Kopf vernahm, klar und deutlich.

*Du hast richtig gehört. Alles wird gut, Laura!*

Laura war noch ziemlich verschlafen, als Amy sie um sechs Uhr dreißig weckte.

»Auf-s-stehen, Laura! Bittä!« Die Teleskoparme zogen ihr die Bettdecke weg.

»O Mann, Amy! Es sind Ferien!« Laura versuchte, die Decke festzuhalten, aber Amy war stark und auch hartnäckig.

»Du mussst in die Firma!«, sagte Amy.

»Ja, leider.« Laura kam hoch und schwang die Beine über die Bettkante. Heute lag ein schwerer Tag vor ihr. Bei dem Gedanken an Asshoff krampfte sich alles in ihr zusammen. Sie hatte keine Lust, in eine Firma zu gehen, in der ehrgeizige Leute wie ihre Mutter arbeiteten, die immer hektisch und in Eile waren. Jede Minute musste mit einer sinnvollen Tätigkeit ausgefüllt werden, es gab keinen Freiraum für Träume oder einfach nur für Langeweile.

»Früh-sstück isst fertig«, teilte Amy Laura mit, bevor sie geschäftig aus dem Zimmer surrte.

Als Laura ins Bad ging, hörte sie, wie sich Elias und ihre Mutter in der Küche stritten. Anscheinend versuchte Elias zu verhindern, dass er in die Ferienbetreuung gesteckt wurde. Unwillkürlich musste Laura lächeln. Sie war nicht die Einzige, die heute etwas tun musste, was ihr gewaltig gegen den Strich ging. Valerie Lilienstedt bestimmte genauso über Elias wie über Laura. Der Unterschied bestand darin, dass Laura nicht lauthals brüllte wie ihr Bruder.

Auf dem Tisch stand ein leckeres Frühstück: frische, duftende Brötchen, weich gekochte Eier, Marmelade und Schokoaufstrich. Dazu gab es Kakao mit aufgeschäumter Milch. Laura musste an den achten Tag denken und an die köstlichen Mahlzeiten, die immer im Hof der Schule serviert wurden – vorausgesetzt, die Küchenfeen streikten nicht gerade.

»Mmmhh.« Laura versuchte, Elias Geschrei zu ignorieren, als sie sich an den Tisch setzte. Vor wenigen Minuten war sie noch überzeugt gewesen, dass sie keinen Bissen essen würde, aber jetzt erwachte ihr Appetit. So ein gutes Frühstück gab es hier im Akeleiweg selten.

Elias schien es egal zu sein, ob er frische Brötchen oder Pappe aß. Alles schmeckte ihm nicht, weil Valerie ihm die Schokocreme verboten hatte. Schokolade war für Elias das reinste Gift. Danach rastete er immer völlig aus. Und so, wie er sich heute benahm, drängte sich

Laura der Verdacht auf, dass er bereits von der Schokocreme genascht hatte.

»Ich will nicht!«, schrie Elias und trat mit den Füßen um sich wie ein wild gewordener Esel. »Warum kann ich nicht hierbleiben? Dort kenne ich keinen. Du kannst dir doch Urlaub nehmen, Mama! Bernd ist dein Freund, der gibt dir frei!«

»Schatz, ich kann nicht einfach zu Hause bleiben, wenn ich Lust dazu habe«, redete Valerie auf ihren Sohn ein. »Jemand muss schließlich Geld verdienen, und auf deinen Vater kann ich mich ja nicht verlassen.«

Laura schloss für einen kurzen Moment die Augen. Da war sie wieder, diese Stichelei gegen Papa, die Laura jedes Mal wütend machte. Sie atmete tief durch und dachte an ihren Vater, der aus alten schäbigen Möbeln so wunderbare Schmuckstücke zaubern konnte. Das war in Lauras Augen viel mehr wert als Mamas Arbeit, unter der sie sich nichts Richtiges vorstellen konnte – selbst wenn Valerie Lilienstedt zehnmal so viel Geld verdiente!

»Bist du fertig, Laura?«, fragte Lauras Mutter. »Du musst los. Es macht einen sehr schlechten Eindruck, wenn du gleich am ersten Tag zu spät kommst.«

»Fahren wir nicht zusammen?«, fragte Laura verwirrt.

»Nein, ich muss erst Elias zu der Ferienbetreuung

bringen. Am besten nimmst du den Bus. Er fährt in acht Minuten ab. Du weißt ja, an welcher Haltestelle du aussteigen musst.«

Allein in die Firma. Auch das noch. Lustlos legte Laura ihr halb aufgegessenes Brötchen auf den Teller zurück, machte sich fertig und verließ die Wohnung. Sie hatte das Gefühl, dass es der schrecklichste Tag ihres Lebens werden würde.

# Verloren in der Firma TEMP

Das Gebäude war eine vielstöckige Konstruktion aus Stahl und Glas, schon von Weitem sichtbar. In den Scheiben spiegelte sich die Sonne, und Laura musste unwillkürlich an ein scharf geschliffenes Schwert denken, das das Licht reflektierte. Ganz oben auf dem flachen Dach prangte in riesigen Buchstaben der Schriftzug TEMP.

Das Bauchweh, das Laura schon den ganzen Morgen über hatte, wurde noch ein bisschen schlimmer, als sie aus dem Bus ausstieg. Sie wunderte sich darüber, wie viele Personen auf das Firmengebäude zustrebten. Zwar wusste sie von ihrer Mutter, dass die Firma mehr als achthundert Mitarbeiter hatte, aber es war etwas anderes, es mit eigenen Augen zu sehen. Wie Ameisen auf ihren Bau bewegten sich die Menschen auf den Eingang zu, Anzugträger mit Krawatte und Aktentasche oder

Frauen im eleganten Kostüm und in hochhackigen Schuhen. Genauso wie sich Valerie Lilienstedt immer stylte. Laura kam sich schon jetzt in ihren Jeans, ihrem Sweatshirt und den Turnschuhen fehl am Platze vor. Am liebsten wäre sie umgekehrt. Aber die Menschenmasse schien sie einfach mitzuziehen. Ehe sie sich's versah, hatte sie die gläserne Drehtür passiert und stand in einer Halle, deren hohe Decke sich im Himmel zu verlieren schien. Laura legte den Kopf in den Nacken. In der Höhe schien alles bläulich zu verschwimmen, so als würde man direkt ins Weltall schauen. Helle Spotlichter strahlten wie Sterne. Der Anblick nahm Laura den Atem. Es war überwältigend. Sie hatte das Gefühl, Teil von etwas ganz Großem zu sein. Das war vermutlich auch beabsichtigt.

Laura hielt Ausschau nach dem Fahrstuhl. Ihre Mutter hatte ihr gesagt, dass sie in den achtzehnten Stock fahren und sich bei der Sekretärin vorstellen sollte.

Es rumorte in Lauras Bauch, als sie den gläsernen Aufzug betrat. Ein Mann und eine Frau befanden sich mit ihr in der Kabine. Niemand sprach ein Wort. Der Aufzug glitt lautlos nach oben. Laura hatte eine Rundumsicht: in einer Richtung auf die Stadt, in der anderen auf das prächtige Gebäude, ein Kunstwerk der Architektur. Höhenangst durfte man allerdings nicht haben.

Ihre Begleiter stiegen in der vierzehnten Etage aus, und Laura hatte die Fahrstuhlkabine für sich. Schwebend überwand der Aufzug die nächsten vier Etagen und bremste dann so sanft ab, dass man es kaum bemerkte. Die Glastüren glitten zur Seite, Laura trat heraus und versank schon beim ersten Schritt in einem dicken, weichen Teppich, der jedes Geräusch dämpfte. Es war, als würde man auf Wolken laufen. Eine andere Welt…

Der Gang und die großen offenen Räume waren fast menschenleer. Laura fragte sich, wo die vielen Menschen arbeiteten, die sie am Eingang gesehen hatte. Mit Mühe entdeckte sie eine Frau in einem dunkelblauen Kostüm und machte sich bemerkbar.

Die Frau wandte sich ihr mit einem höflichen Lächeln zu.

»Hallo, ich bin Laura Lilienstedt«, sagte Laura, während ihr das Herz bis zum Hals schlug. »Ich soll ein Praktikum bei Ass… bei Doktor Asshoff machen.«

»Herzlich willkommen bei der Firma TEMP, Laura«, sagte die Frau im Kostüm, als hätte sie den Satz schon tausend Mal gesagt. »Hoffentlich fühlst du dich hier wohl. Ich bringe dich gleich zu Doktor Asshoff. Oder möchtest du dich zunächst etwas frisch machen?«

Frisch machen? Laura hatte doch am Morgen zu Hause geduscht. Sah man ihr die Angst so sehr an? Eine Toilette wäre allerdings nicht schlecht…

»Ja.« Laura nickte und reckte suchend den Kopf.

»Hier entlang.« Die Toiletten waren in einem diskreten Winkel verborgen. Zum Glück gab es hier keine gläsernen Wände. Laura dankte der Frau und verschwand hinter der ersten Tür.

Eine Reihe stylischer Waschbecken mit futuristisch anmutenden Spiegeln. Auf der anderen Seite die Kabinen, deren Türen an Umkleidekabinen erinnerten. Oben und unten fehlte ein Stück, sodass man von außen sah, ob die Kabine besetzt war.

Kein gemütlicher Ort, dachte Laura, während sie die Toilette benutzte.

Hier blieb man sicher nicht länger als nötig! Laura wusch sich rasch die Hände und ließ sich einen warmen Luftstrahl auf die Haut blasen. Der Spiegel warf ein hartes Abbild zurück, Laura wirkte schüchtern und verkrampft.

Wie sollte sie diesen Tag nur überleben? Mit einem mulmigen Gefühl verließ Laura den Raum.

Die Frau hatte vor der Tür gewartet, nickte Laura freundlich zu und ging voraus. Der Gang schien endlos zu sein. Der weiche Teppich und das spiegelnde Glas versetzten Laura in einen schwummrigen Zustand. Alles war so unwirklich. War sie es, Laura, die diesen Gang entlangging, oder war es ein anderes Mädchen?

Laura wurde abrupt in die Wirklichkeit zurückgeschleudert, als ein Mann aus einem der offenen Büros trat. Asshoff.

Mit einem breiten Grinsen kam er auf sie zu.

»Hallo, Laura«, sagte er, »ich habe dich schon erwartet.« Er streckte ihr die Hand entgegen. Laura ergriff sie und hatte erneut den Eindruck, einen toten Frosch anzufassen.

»Hallo, Doktor Asshoff«, piepste sie.

»Sag Bernd zu mir und ›Du‹«, verlangte er gespielt großzügig und hielt ihre Hand länger fest als nötig. »Wir sind doch schon fast Familie.«

Nur über meine Leiche, schoss es Laura durch den Kopf.

»Komm, ich zeige dir deinen Arbeitsplatz«, sagte er und ließ ihre Hand endlich los. »Ich freue mich, dass du dich für die Firma TEMP interessierst. TEMP wird die Zukunft bewusst und umweltfreundlich mitgestalten. Wir gehören zu den sechs führenden Unternehmen der Welt und haben Niederlassungen auf allen fünf Kontinenten. Dies hier ist eine unserer wichtigsten Filialen.«

Filiale! Das klang nach einem gemütlichen kleinen Geschäft einer Boutique-Kette und nicht nach so einem gigantischen Bau!

Wenn das hier eine Filiale ist, wie sieht dann erst die Zentrale aus?, überlegte Laura, während sie Asshoff in sein Büro folgte.

»Wenn du Fragen hast, kannst du sie gerne stellen.« Er wandte sich mit einem Lächeln nach ihr um.

»Äh… ja… wozu ist TEMP eigentlich da, oder was wird hier hergestellt?«, platzte Laura heraus. Jetzt bereute sie es, dass sie sich nie näher für die Arbeit ihrer Mutter interessiert hatte.

»Wir sehen uns in erster Linie als Dienstleistungsunternehmen«, erklärte Asshoff. »Zeit ist ein kostbares Gut, denn die Lebenszeit jedes Menschen ist begrenzt. Wir wissen nicht, wie viele Jahre jedem Einzelnen von uns zur Verfügung stehen. Es ist unser Ziel, diese Jahre effektiv zu nutzen.«

Blabla, dachte Laura. Laut sagte sie: »Wie muss ich mir das genau vorstellen?«

»Unter anderem kontrollieren wir Arbeitsabläufe und finden heraus, an welchen Stellen Zeit eingespart werden kann«, antwortete Asshoff. »Das ist ein Aufgabenbereich. Ein anderer Bereich beschäftigt sich mit der Forschung. Warum vergeht die Zeit manchmal unterschiedlich schnell? Du hast bestimmt schon von Einsteins Relativitätstheorie gehört. Ein Astronaut, der sich im Weltall mit Lichtgeschwindigkeit bewegt, altert langsamer als sein Zwillingsbruder, der auf der Erde geblieben ist.« Asshoff lachte kurz auf. »Dieses Phänomen versuchen wir in den Griff zu bekommen. Es ist sehr spannend, sage ich dir. Wenn man die Körpertemperatur erhöht, so vergeht die Zeit langsamer. Das hast du sicher schon einmal bemerkt, als du Fieber hattest. Allerdings stirbt der Mensch, wenn seine Körpertemperatur 42 °C überschreitet.«

»Machen Sie etwa Menschenversuche?«, fragte Laura alarmiert.

»Aber nein, wo denkst du hin?« Er lachte wieder, so als sei alles ein großer Spaß. »Außerdem sollst du doch das dumme ›Sie‹ lassen.«

»Entschuldigung«, murmelte Laura.

Sie betraten einen Raum, der offensichtlich Asshoff gehörte. Er war zumindest teilweise sichtgeschützt, sodass man sich nicht völlig wie auf einem Präsentierteller fühlte. Klar, dem Chef gestand man so etwas wie eine Privatsphäre zu.

Laura hatte noch nie so einen großen Schreibtisch gesehen. Bis auf einen Bildschirm und eine Tastatur war er so gut wie leer. Man hätte locker einen zweiten Stuhl an den Tisch stellen können, aber stattdessen hatte man einen normalen Schülerschreibtisch samt einfachem Drehstuhl in den Raum geschleppt. Die Teile wirkten neben Asshoffs Riesentisch und seinem protzigen Chefsessel aus hellgrauem Leder fast lächerlich.

»Das ist dann wohl mein Platz«, sagte Laura.

»Genau.«

Auf ihrem Schreibtisch lagen einige Hochglanzprospekte, ein Tablet, ein karierter Schreiblock und ein Tintenroller.

»Und was genau soll ich jetzt tun?«, fragte Laura, während sie ihre Jacke über die Stuhllehne hängte und den Drehstuhl auf die richtige Höhe einstellte.

»Zunächst kannst du dich ein wenig mit unserer Firmengeschichte vertraut machen«, erwiderte Asshoff. »Ich muss leider gleich in ein Meeting. In spätestens zwei Stunden bin ich zurück. Wenn du dich langweilst, kannst du für mich einen Bericht kopieren. Er liegt dort auf dem Kopierer. Die Bedienung erklärt sich von selbst. Ich brauche fünf Kopien. Diese lochst du bitte und heftest sie ordentlich zusammen. Alles, was du dafür brauchst, findest du in den Schubladen am Fenster. Viel Spaß!«

Damit verließ er den Raum. Laura sah ihm nach und merkte erst dann, dass sie automatisch die Luft angehalten hatte.

Nun war sie allein in dem großen Büro, das genauso gut ein Tanzsaal hätte sein können. Platz war genug da! Laura drehte sich ein paar Mal um sich selbst. Nur schade, dass es hier drinnen keine Musik gab.

Nach einer Weile kam sie sich albern vor und setzte sich an ihren Schreibtisch. Lustlos begann sie, die Prospekte durchzublättern. Prächtige Fotos von riesigen Gebäuden, offenbar die Niederlassungen in den anderen Ländern. Der Text dazu war in Englisch, Französisch und in Japanisch. Laura verdrehte die Augen. Mit ihrem

Schulenglisch verstand sie kaum etwas. Das hätte ihre Mutter zum Anlass genommen, ihr einen Kurs in Business-Englisch nahezulegen, was nach Valeries Meinung heute unverzichtbar war.

Laura hatte große Lust, aus den aufwendig gedruckten Prospekten Papierflieger zu falten. Was Asshoff wohl dazu sagen würde, wenn er zurückkam und der Boden mit Papierfliegern übersät war? Laura grinste vor sich hin. Das würde Papa sicherlich gefallen! Valerie dagegen würde einen Nervenzusammenbruch bekommen und ihr eine fette Strafe aufbrummen.

Laura seufzte. Ihr wurde allmählich langweilig – und das in einer Firma, die Langeweile ausrotten wollte! Sie entschied sich, mit dem Kopieren anzufangen. Da hatte sie wenigstens etwas zu tun.

Der Ordner, von dem sie fünf Kopien anfertigen sollte, umfasste hundertfünfzig Seiten. Ganz schön viel! Laura nahm das erste Blatt heraus, legte es in den Kopierer und stellte auf dem Bedienungsfeld die Anzahl 5 ein. Dann drückte sie auf den Startknopf. Das Gerät machte gehorsam fünf Kopien.

Laura vervielfältigte Blatt für Blatt und sortierte die Kopien auf Asshoffs riesigem Schreibtisch. Jetzt war das Ding wenigstens für etwas gut! Man hätte darauf auch sehr gut Tapeten einkleistern können!

Laura hatte ungefähr die Hälfte der Blätter kopiert,

als das weiße Papier ausging. Sie stand einen Moment lang ratlos vor dem Gerät, dann nahm sie sich die Schubladen am Fenster vor, in der sie alles Nötige finden würde, wie Asshoff gesagt hatte. Na klar, da gab es riesige Papierstapel, sogar in verschiedenen Farben. Laura legte neues Papier in den Drucker und kopierte weiter. Als sie alle Blätter gelocht und abgeheftet hatte, war Asshoff noch immer nicht zurück. Laura fühlte sich von der langweilgien Arbeit wie ausgehöhlt. Dass man in einem so modernen Unternehmen wie TEMP die Kopien noch immer mit der Hand anfertigen musste! Das konnte doch genauso gut ein Roboter erledigen!

Sie setzte sich an ihren Schreibtisch und schaltete das Tablet an.

HERZLICH WILLKOMMEN BEI TEMP, LAURA LILIENSTEDT!, begrüßte sie das Gerät. Laura starrte auf den Punkt, wo sich die Webcam befand. Es leuchtete zwar kein grünes Licht, trotzdem hatte Laura das Gefühl, dass die Kamera sie beobachtete. Sie streckte die Zunge heraus, so weit sie konnte.

Normalerweise konnte sie viel Zeit damit verbringen, im Internet zu surfen, aber hier machte es keinen Spaß. Als sie ihren Mail-Account aufrufen wollte, funktionierte es nicht. Die Seite war gesperrt.

»Na klar, damit die Mitarbeiter keine Zeit verplempern«, murmelte Laura vor sich hin. Leicht angesäuert schaltete sie das Gerät wieder ab und bedeckte die Kamera vorsichtshalber noch mit einem der Prospekte. Sicher war sicher!

Asshoff ließ sich noch immer nicht blicken. Morgen würde sich Laura ein Buch mitbringen, so viel stand fest! Was war der Zweck eines Praktikums, in dem man eigentlich nur die Zeit totschlug? Was für schöne Sachen hätte Laura stattdessen mit ihrem Vater unternehmen können – notfalls auch zusammen mit Elias!

Plötzlich hatte sie eine Idee. Und als Asshoff eine halbe Stunde später kam, standen auf seinem Schreibtisch lauter bunte Papierschiffchen, schön in regenbogenfarbener Reihenfolge angeordnet. Das Büro sah so viel fröhlicher aus.

»Aha, wie witzig!«, sagte Asshoff nur. »Ich sehe, du warst kreativ.« Dann hastete er wie ein Süchtiger zu dem hochmodernen Kaffeeautomaten, um sich einen Espresso herauszulassen.

»Ich habe die Prospekte angeschaut, aber leider verstehe ich kein Japanisch«, sagte Laura ironisch. »Meine Eltern haben mich damals in den falschen Kindergarten geschickt, sonst könnte ich jetzt auch noch fließend Chinesisch und Koreanisch.«

»Man soll kleine Kinder fördern, aber nicht überfordern«, erwiderte Asshoff. »Ich bin sicher, dass Valerie alles richtig gemacht hat. Und wenn du Japanisch lernen willst, dann kann ich dir einen Online-Sprachkurs empfehlen, an dem du locker neben deiner Schule teilnehmen kannst.«

»Ich werde darüber nachdenken«, log Laura.

»Es ist gleich Mittag«, meinte Asshoff. »Sicher hast du Hunger. Möchtest du mich in die Kantine begleiten? Dann kann ich dir gleichzeitig vielleicht einige Leute vorstellen.«

Mittagessen mit Asshoff gehörte nicht gerade zu den Top Ten auf Lauras Wunschliste. Aber es war immerhin besser, als noch eine Stunde allein in dem öden Büro abzuhängen.

Sie fuhren mit dem gläsernen Aufzug nach unten. Die hypermoderne Kantine befand sich im ersten Stock. Tische und Stühle waren aus durchsichtigem Kunststoff.

Die Essensausgabe erfolgte automatisch. Es gab fünf Kategorien: *Normal, vegetarisch, vegan, mit wenig Kohlenhydraten und Rohkost.*

»Was möchtest du?«, fragte Asshoff.

»Vegetarisch, bitte«, sagte Laura.

Er zog eine Plastikkarte aus seiner Hosentasche und steckte sie bei dem Fach *vegetarisch* in den Schlitz. Es klickte kurz, dann öffnete sich eine Klappe, und die Mahlzeit wurde in einer Aluschale herausgeschoben.

»Vorsicht, die Schale ist heiß«, warnte Asshoff.

Laura nahm sich zwei Papierservietten, mit denen sie

die Schale anfassen konnte. Asshoff bediente sich bei *normal*, dann suchten sie sich beide einen Tisch.

»Ich freue mich, dass wir uns jetzt endlich besser kennenlernen«, sagte Asshoff und entfernte die durchsichtige Plastikfolie von seiner Schale.

Wegwerfgeschirr, dachte Laura, während sie an ihrer Folie herumfummelte. Was für eine Verschwendung!

Das Essen selbst sah nicht schlecht aus, aber der Spinat schmeckte künstlich, genauso der goldgelbe Kartoffelbrei und die Getreidefrikadelle, die in brauner Soße schwamm.

»Die Mahlzeit enthält alle wichtigen Vitamine und Spurenelemente«, erklärte Asshoff, der bemerkt hatte, dass Laura wenig begeistert war. »Auch wenn es nicht gerade ein Gourmetessen ist.«

Laura nickte automatisch und sah sich um. Die Kantine war gut besucht. Laura fiel auf, dass die meisten Menschen allein an einem Tisch saßen. Viele hatten ihr Smartphone am Ohr, während sie mit einer Plastikgabel ihre Mahlzeit verzehrten.

»Du bastelst also gerne?« Asshoff versuchte, ein persönliches Gespräch zu beginnen.

Laura zuckte mit den Schultern. »Zu Hause kaum, aber an den Wochenenden bin ich meistens bei meinem Vater. Es macht mir Spaß, aus Papier oder Holz kleine Dinge herzustellen, oft aus Abfallstücken.« Sie pflückte auch gerne Blumen und arrangierte sie zu dekorativen Sträußen, doch das würde Asshoff sicherlich nicht interessieren. Er konnte wahrscheinlich eine Rose nicht von einer Akelei unterscheiden.

»Valerie sagt, dass du viel liest«, sagte Asshoff.

»Ja, Märchen«, antwortete Laura und beobachtete gespannt sein Gesicht.

Seine Wangenmuskeln zuckten kurz. »Schön«, meinte er dann.

*Merkwürdig für ein Mädchen in diesem Alter. Ob sie vielleicht noch ein recht kindliches Gemüt hat?*

Laura wusste, dass er die Worte nicht ausgesprochen hatte, sondern dass sie seine Gedanken aufgeschnappt hatte. Ihr Gesicht begann vor Wut zu glühen.

»Du denkst wohl, ich bin kindisch?« Sie bereute den Satz, gleich nachdem sie ihn ausgesprochen hatte. Er durfte auf keinen Fall wissen, dass sie manchmal die Gedanken anderer Leute lesen konnte.

»Das glauben die meisten, wenn sie hören, dass ich noch Märchen lese«, fügte sie hinzu. »Übrigens waren Märchen ursprünglich für Erwachsene gedacht.« Das konnte sie sich nicht verkneifen.

»Als Junge habe ich auch viele Märchenfilme gesehen«, erzählte Asshoff, während er versuchte, das Fleisch mit einem Plastikmesser zu durchtrennen. »Aber später mochte ich lieber schnelle Actionfilme mit Superhelden.«

»Und jetzt bist du selbst einer«, rutschte es Laura heraus. Verdammt, was war heute nur mit ihr los?

»Wie?«

»Na, ein Superheld«, sagte Laura. Sie machte eine ausschweifende Handbewegung. »Dir gehört doch all das, oder? Du bist der Boss.«

Er lachte. »Die Firma gehört mir nicht allein. Ich bin einer der Geschäftsführer und besitze Anteile an der Firma. Aber es freut mich, dass du in mir einen Superhelden siehst.«

Laura grinste gezwungen und wandte sich wieder ihrem Essen zu. O Mann, gerade hatte sie sich ziemlich lächerlich gemacht. Aber dieser Kerl reizte sie einfach bis aufs Blut!

*Ob sie das eben ernst gemeint hat?*

Um ein Haar hätte Laura den Kartoffelbrei auf die Schale zurückgespuckt. Im letzten Moment konnte sie sich beherrschen. Womöglich war es gar keine so schlechte Taktik, wenn er glaubte, dass sie ihn bewunderte. Auf diese Weise konnte sie vielleicht herausfinden, was seine wunden Punkte waren. Und dann konnte sie einen Keil zwischen ihn und Mama treiben …

»Was machen wir nachher?«, fragte sie, als sie sich wieder unter Kontrolle hatte. »Heute Vormittag war es ziemlich langweilig. Ich will ja etwas lernen, dazu ist ein Praktikum schließlich da, oder?«

»Entschuldige, dass ich mich so wenig um dich gekümmert habe«, sagte er, und das Bedauern in seiner Stimme klang fast echt. »Aber das Meeting war sehr wichtig. Ich werde meine Sekretärin anweisen, dass sie dich in der Firma herumführt und dir alles erklärt, was du wissen möchtest.«

»Klingt gut«, meinte Laura und schenkte ihm ein strahlendes Lächeln.

Am Abend kam es ihr so vor, als hätte sie zig Kilometer in der Firma zurückgelegt. Bei den endlosen Gängen hätte man gut ein Skateboard oder ein Fahrrad gebrauchen können. Frau Fuchs, die Laura am Morgen empfangen hatte, war sehr nett und hatte sich viel Zeit für Laura genommen. In vier Etagen arbeiteten Leute, die andere Unternehmen berieten und ihnen halfen, Zeit und Personal zu sparen. Zwei Etagen dienten der Verwaltung. Daneben gab es noch die Presseabteilung und eine Abteilung für Sponsoring und Förderung der Jugend. Der größte Teil des Gebäudes war aber der Forschung vorbehalten. Laura hatte die Abteilung besichtigen dürfen, die auch der Öffentlichkeit zugänglich war.

Sie war sich dabei vorgekommen wie in einem Uhrenmuseum. In unzähligen Vitrinen waren Zeitmesser aller Art ausgestellt – begonnen bei der *Klepsydra,* einer alten griechischen Wasseruhr, die nach dem gleichen Prinzip funktionierte wie eine Sanduhr: Ein Wasserbehälter ergoss sich langsam in einen anderen. So ließ sich die vergangene Zeit ablesen.

Laura hatte Sanduhren gesehen, alte Kirchenuhren, Taschenuhren und modere Chronometer. Es gab auch einen ewigen Kalender. Keine der Uhren ähnelte aber der goldenen Taschenuhr, die sie gefunden hatte. Es hatte um sie herum getickt und geschnarrt, sodass sie das Gefühl bekommen hatte, dass alle Zeit der Welt in diesen großen Raum gepresst wurde. Unwillkürlich hatte sie an den blauen Raum im Keller der *Schule der Ewigkeit* denken müssen, den sie zusammen mit Severin betreten hatte. Die goldenen Zahnräder, die sich langsam gedreht hatten, das Modell des Sonnensystems mit dem riesigen Ziffernblatt, das den Platz der Sonne einnahm… Sie hatte damals gefühlt, dass sich an diesem Ort das Herz der magischen Welt befand – das Zentrum, ohne das die Welt des achten Tages nicht existieren konnte.

Der Raum in der Firma TEMP dagegen war kein Herz, sondern eine gigantische Uhrensammlung. Die eigentliche Forschungsabteilung hatte Laura nicht betreten dürfen. Dort wurde hart und konzentriert gearbeitet, und Besucher waren nur mit einer besonderen Genehmigung zugelassen. Aber Lauras Kopf war ohnehin schon übervoll. Das Ticken der Uhren verfolgte sie bis in den Schlaf.

*Ticktack-ticktack-ticktack …*

*ticktickticktick …*

*schnarrrr …*

Sie schlief sehr unruhig und konnte sich am nächsten Morgen an keinen Traum erinnern.

# Eine beunruhigende Entdeckung

»Mein Praktikum besteht hauptsächlich aus Matheaufgaben«, erzählte Laura Olivia am Telefon. »Ich muss ausrechnen, wo sich Zeit sparen lässt. Textaufgaben wie in der Schule.«

»Ach, du liebes bisschen, wie schrecklich«, sagte Olivia mitfühlend.

»Ich mach ja ganz gern Mathe«, erklärte Laura. »Asshoff behauptet, dass es echte Aufgaben sind und dass ich wirklich helfe. Aber ich glaube, dass es spezielle Musteraufgaben für Praktikanten sind. Beispiel: *Eine Frau braucht von ihrem Schreibtisch bis zum Kopierer vierzehn Sekunden. Es handelt sich um ein altes Gerät, und der Kopierer benötigt eine Minute, bis er einsatzfähig ist. Die Frau kopiert in fünfzehn Minuten sechzig Blätter, dann muss sie Papier nachlegen, was wiederum drei Minuten beansprucht. Wo siehst du Möglichkeiten, Sekunden oder Minuten einzusparen?*«

»Hör auf, das ist ja furchtbar!«, rief Olivia.

»Anfangs fand ich es ganz lustig, aber ich rechne jetzt schon zwei Tage lang«, seufzte Laura. »Wenn mir Asshoff morgen wieder solche Aufgabenblätter vorlegt, bekomme ich einen Schreikrampf!«

»Vielleicht darfst du ja zur Abwechslung mal Kaffee kochen.«

»Keine Chance, er hat einen supermodernen Kaffeeautomaten.«

»So altmodisch? Ich dachte, er hat eine Robotersekretärin, die ihm den Kaffee serviert.«

Die beiden Mädchen mussten lachen.

»Ich war heute mit Severin Eis essen«, gestand Olivia dann.

»Und?«

»Es war ein Reinfall. Er hat kaum etwas gesagt. Ich musste ihm jedes Wort aus der Nase ziehen. Ich glaube, er hatte richtig miese Laune.«

»Hat er noch mal etwas über die Taschenuhr gesagt?«, fragte Laura.

»Nein.«

Laura war erleichtert. Seit dem Gespräch mitten in der Nacht hatte sie nicht mehr mit Severin telefoniert. Dabei hätte sie ihm gern von ihrem Praktikum erzählt.

»Ich muss jetzt Schluss machen«, sagte Laura zu Olivia. »Morgen muss ich wieder sehr früh raus.«

»Und ich kann ausschlafen, ätsch«, neckte Olivia sie. »Mach's gut und träum süß!«

»Du auch.«

»O nein!« Laura schob den Papierstapel energisch von sich und blickte Asshoff an. »Nicht schon wieder! Zwei Tage sind genug. Heute ist Donnerstag, ich will etwas anderes machen.«

»Okay, ganz wie du möchtest«, erwiderte Asshoff und nahm die Aufgabenblätter wieder an sich. »Ich werde Frau Fuchs Bescheid geben, dass sie sich für dich etwas einfallen lässt. Ich bin leider wieder fast den ganzen Tag in Meetings.«

Er verließ den Raum. Laura sah ihm nach. Durch die offene Tür hörte sie, wie er sich mit seiner Sekretärin unterhielt, aber sie konnte nicht verstehen, was sie sagten. Gelangweilt trommelte Laura auf ihrem Schreibtisch herum und malte dann Männchen auf ihren Notizblock. Das Tablet rührte sie nicht mehr an. Ihre Mails konnte sie ohnehin nicht checken. Auch die YouTube-Seite war gesperrt, sodass sie sich nicht einmal lustige Katzenvideos angucken konnte.

Asshoffs Schreibtisch war inzwischen auch wieder wie leer gefegt, nur der Computer stand noch da. Die bunte Schiffchenparade war sang- und klanglos verschwunden. Wahrscheinlich hatte Frau Fuchs sie entsorgt. Der

Raum sah so unpersönlich aus! Laura war gerade dabei, ihn in Gedanken völlig umzugestalten, als Frau Fuchs hereinkam.

»Hallo, Laura, ich habe gehört, du langweilst dich. Möchtest du vielleicht ein Puzzle machen?«

Ein Puzzle? Im Ernst? Laura zog die Augenbrauen hoch.

»Wir hatten noch nie eine so junge Praktikantin wie dich«, gestand Frau Fuchs. »Deswegen wissen wir nicht genau, wie wir dich beschäftigen sollen. Bernd hatte für heute die Aufgaben vorbereitet, aber du hast ja genug davon. Deswegen weiß ich nicht so recht… Ich habe noch ein Puzzle im Schrank, das einmal ein Besucher dagelassen hat. Es ist recht anspruchsvoll mit dreitausend Teilen.«

Dreitausend Teile? Das klang nicht schlecht.

Die Sekretärin verschwand und kam nach kurzer Zeit mit einer großen Schachtel zurück. Das Bild auf dem Deckel zeigte lauter ineinander verschlungene Zahnräder – eine echte Herausforderung für jemanden, der Puzzle liebte.

»Na gut, ich versuch's«, sagte Laura. »Darf ich den großen Schreibtisch benutzen? Ass… Bernd hat den ganzen Tag Meetings.«

»Ich denke, dass er nichts dagegen hat, wenn du dich an seinen Schreibtisch setzt«, meinte Frau Fuchs. »Viel

Spaß! Und wenn du etwas brauchst oder Durst hast – du weißt ja, wo du mich findest.«

Laura nickte. »Ja, danke.«

Die Sekretärin verließ den Raum und schloss die Tür.

Laura öffnete die Schachtel. Das Spiel war noch unbenutzt. Die Puzzleteile befanden sich in einer verschlossenen Plastiktüte. Laura schnitt sie auf und kippte einen Teil des Inhalts auf Asshoffs Schreibtisch. Bei einem Puzzle begann sie immer mit dem Rand. Laura fing an, die Teile mit einer glatten Seite herauszusuchen.

Sie hatte schon eine ganze Menge Puzzlestückchen gefunden, als sie merkte, dass Asshoffs Computer angeschaltet war. Ihr Herz klopfte schneller, und das Puzzle war auf einmal uninteressant.

Obwohl sie jetzt schon einige Tage miteinander verbracht hatten, wusste sie sehr wenig über Asshoff. Er sprach nie über sein Privatleben, dabei hatte Laura ihn einmal gesehen, wie er einen Rollstuhl mit einem Mädchen darin schob. Angeblich hatte er keine Tochter, aber wer weiß, vielleicht hatte er in diesem Punkt gelogen?

Laura schielte immer wieder zu dem Computer. Vielleicht konnte sie sich Asshoffs Mailkonto ansehen. Möglicherweise fand sie ja etwas heraus …

Sie rutschte mit dem Stuhl in die Nähe der Tastatur. Als sie auf die Leertaste drückte, ging der Bildschirm an. Es wurde Laura heiß. Wenn sie jetzt erwischt würde!

Der Bildschirm war leer bis auf ein Feld, in dem man das Passwort eingeben musste. Mist! Das Passwort würde sie nie knacken können!

Trotzdem war ihr Jagdfieber erwacht. Vielleicht hatte sich Asshoff das Passwort irgendwo notiert, obwohl er sicher keinen solchen Anfängerfehler machen würde.

Sie versuchte, die Schreibtischschublade aufzuziehen, aber diese war fest verschlossen. Laura überlegte, wo der Schlüssel sein konnte. Wenn Asshoff ihn bei sich trug, hatte sie natürlich keine Chance.

In Filmen klebten die Schlüssel manchmal unter der Schreibtischplatte. Laura suchte sorgfältig die ganze Fläche ab – ohne Erfolg.

Sie überlegte und stützte den Ellbogen auf. Wenn Asshoff den Schlüssel nicht bei sich trug, wo würde er ihn dann aufbewahren – nach dem Prinzip der kurzen Wege und der Zeitersparnis? Laura schätzte die Entfernung vom Schreibtisch zu den anderen Möbeln. Der Kaffeeautomat war am nächsten (typisch!), direkt daneben befand sich eine stylische Schubladenbox für Papiere. Sie war dezent grau und hatte acht Fächer.

Laura schluckte, stand auf und begann, die kleinen Schubladen durchzusehen. Drei der Fächer waren ganz leer. In den anderen lagen einige Zettel, auf den ersten Blick nichts Interessantes – irgendwelche Bedienungsanleitungen und eine Garantiekarte für den Schreibtischsessel. In der untersten Schublade befanden sich ein paar leere Briefumschläge. Halt! Der Umschlag ganz unten war dicker als die anderen. Bingo! Laura zog einen kleinen Schlüssel hervor und hätte vor Freude am liebsten aufgeschrien. War sie nicht eine erstklassige Detektivin?

Der Schlüssel passte tatsächlich zu Asshoffs Schreibtischschublade. Mit einem leisen Klicken öffnete sich das Schloss, und Laura konnte das Fach aufziehen.

Hier also waren Asshoffs persönliche Sachen. Ein Brillenetui mit einer Lesebrille. Ein gerahmtes Foto, das ein junges Mädchen im Rollstuhl zeigte. Es war dasselbe, das Laura damals bei der Theateraufführung gesehen hatte. Sie überlegte, ob sie ein Foto mit ihrem Smartphone machen sollte, um es ihrer Mutter zu zeigen. Aber dann würde Valerie erfahren, dass Laura in Asshoffs Schublade herumgeschnüffelt hatte.

Laura legte das Bild beiseite. Weiter. Eine Dose Gesichtscreme. Aha, der Herr war eitel. Das überraschte sie nicht. Ein Etui mit einem Manikür-Besteck für gepflegte Fingernägel. Laura grinste. Leider kein Notizbuch … Auch kein Zettel, auf dem das Passwort notiert war. Laura wollte die Schublade schon schließen, aber dann griff sie mit der Hand noch einmal bis ganz hinten hinein. Ihre Finger ertasteten einen kleinen, harten Gegenstand. Ein USB-Stick!

Lauras Mund war ganz trocken. Es war, als hätte sie einen Schatz gefunden. Was sich wohl auf dem Stick befand? Vielleicht weitere Bilder von dem rätselhaften Mädchen im Rollstuhl?

Am liebsten hätte Laura den USB-Stick gleich an das Tablet gesteckt. Doch das war ihr zu riskant. Erstens wusste sie nicht, ob das Tablet nicht in das Firmennetzwerk eingebunden war und jemand sie kontrollieren konnte. Zweitens konnte jederzeit Frau Fuchs oder Asshoff ins Büro kommen. Schlimm genug, dass Asshoffs Bildschirm immer noch an war. Aber das könnte sie damit entschuldigen, dass sie beim Puzzeln versehentlich mit dem Ellbogen auf die Tastatur gekommen war.

Sie steckte den Stick in ihre Hosentasche. Dann verschloss sie die Schublade wieder und legte den Schlüssel an seinen Platz zurück.

Der USB-Stick in ihrer Tasche schien regelrecht zu glühen. Laura war so gespannt! Sie versuchte, sich wieder auf das Puzzle zu konzentrieren, aber jetzt erschien es ihr sinnlos, dreitausend Teile zusammenzusetzen, nur um das Bild zu erhalten, das auf dem Deckel zu sehen war. Lustlos suchte sie weiter nach den Puzzlestücken mit einer geraden Seite und probierte, ob zwei Teile zusammenpassten. Sie taten es nicht, und frustriert schob Laura die vielen kleinen Pappstückchen mit dem Arm zur Seite. Sie konnte nur an den Stick denken.

Gegen Mittag hatte sie gerade mal ein Viertel des Rahmens zusammengesetzt und die Nase gehörig voll vom Puzzeln. Asshoff erschien, um Laura zu fragen, ob sie wieder mit ihm in die Kantine gehen wollte. Der Bildschirm war zum Glück schon lange wieder eingeschlafen und verriet nichts von Lauras Aktion.

»Ich habe keinen Hunger«, sagte Laura diesmal. Insgeheim wunderte sie sich, warum Asshoff nie mit ihrer Mutter zu Mittag aß. Ob sie ihre Beziehung in der Firma vielleicht geheim hielten?

Überhaupt bekam Laura ihre Mutter wenig zu Gesicht. Sie waren sich einmal auf dem Gang begegnet, da hatte Valerie ihr nur kurz zugenickt, natürlich mit dem Smartphone am Ohr. Die wenigen Praktikumstage hatten Laura schon klargemacht, dass sie niemals in so einer Firma arbeiten wollte.

»Hm, dann muss ich wohl allein in die Kantine gehen«, meinte Asshoff mit gespieltem Bedauern. »Ich könnte uns auch etwas kommen lassen, wenn du möchtest. Vielleicht vom Chinesen?«

Laura presste die Hand auf ihren Bauch. »Nein, danke. Mir ist nicht gut. Am liebsten würde ich mich hinlegen. Kann ich nach Hause gehen?«

Asshoff zog verwundert die Augenbrauen hoch. »Aber natürlich. Kein Problem. Soll ich dir ein Taxi rufen?«

Laura schüttelte den Kopf. »Nicht nötig, ich nehme

den Bus.« Mit einem Blick auf das angefangene Puzzle sagte sie: »Ich glaube, das ist zu kniffelig für mich.«

»Geht in Ordnung, Frau Fuchs wird es wegräumen«, sagte Asshoff. »Für morgen denke ich mir etwas für dich aus, versprochen! Gute Besserung.«

Laura dankte ihm und verließ das Büro. Natürlich hatte sie kein Bauchweh, aber sie hatte einfach keine Lust, auch noch den Nachmittag mit dem blöden Puzzle zu verbringen. Als sie im Bus saß, zog sie den Stick aus ihrer Hosentasche und betrachtete ihn lächelnd. Sie konnte es kaum erwarten, ihn in ihren Laptop zu stecken. Schlagartig wurde ihr jedoch auch klar, welches Risiko sie gerade einging. Wenn Asshoff den Verlust vor morgen früh bemerkte, würde sie sich erklären müssen. Wer sonst hätte den Stick aus seinem Büro entwenden können? Laura spürte auf einmal tatsächlich ein flaues Gefühl im Bauch. Hoffentlich waren die Infos auf dem Stick all das wert.

Außer Amy traf Laura niemanden zu Hause an. Elias war in der Ferienbetreuung und Valerie in der Firma. Samson strich schnurrend um Lauras Beine.

Laura holte sich einen Apfel und verzog sich damit in ihr Zimmer. Sie schaltete den Laptop an und stöpselte den Stick ein. Hurra, es funktionierte! Auf dem Bildschirm war ein Verzeichnis der Dateien zu sehen.

Die meisten Dateien und Ordner waren mit einer Kombination aus Buchstaben und Ziffern betitelt, aber Laura entdeckte einen Ordner mit dem Namen »Valerie«. Sie ließ den Mauszeiger auf diesen Ordner wandern. Sollte sie ihn öffnen? Und wenn peinlich verliebte Fotos von ihrer Mutter und Asshoff zu sehen waren, was dann? Laura schloss vor Entsetzen die Augen. Allein der Gedanke daran genügte, dass sie den Laptop am liebsten gleich wieder ausgeschaltet hätte.

Aber dann gab sie sich einen Ruck. Wenn sie schon den Stick geklaut hatte, dann wollte sie sich den Inhalt auch ansehen.

Sie klickte auf den Ordner. Dieser besaß mehrere Unterordner, nach Datum sortiert. Der letzte stammte von gestern. Laura öffnete ihn mit einem Doppelklick.

Eine Videodatei. Der Laptop meckerte, weil er sie nicht öffnen konnte. Laura suchte ein bisschen im Internet und lud ein kostenloses Videoprogramm herunter, das mit dem Format klarkam. Jetzt konnte sie das Video starten.

»Wehe, du strippst, Mama!«, murmelte sie.

Ein verwackeltes Bild von einer Wand. Die Wand kam näher. Dann einen Schwenk um neunzig Grad. Laura erkannte den Türrahmen ihres Zimmers. Oben im Bild war die Uhrzeit eingeblendet. Sechs Uhr dreißig.

Die Tür wurde geöffnet, die Kamera fuhr in einen abgedunkelten Raum. Lauras Zimmer. Jetzt war sie selbst zu sehen, schlafend.

»Auf-s-stehen, Laura! Bittä!«, kam es leise auf dem Off. Zwei Teleskoparme zogen die Bettdecke weg. Laura wollte die Bettdecke festhalten. Die stählernen Finger siegten, und man sah Laura mit angezogenen Beinen und einem Muffelgesicht. Dann wandte sich die Kamera um, man erblickte den Gang und dann die Küche. Der Kühlschrank, die Spüle, der Tisch. Die Teleskoparme bereiteten das Frühstück zu.

Laura hielt den Film an. Ihr war gleichzeitig heiß und kalt. Das waren keine Aufnahmen von Valerie, sondern von ihrem Zuhause! Was für eine Frechheit! Asshoff spionierte sie aus!

Laura konnte sich fast nicht bewegen, so schockiert war sie. Asshoff überwachte sie rund um die Uhr! Wahrscheinlich surrten auch jetzt irgendwelche Kameras …

Was sollte sie tun? Die Polizei anrufen? Ihre Mutter? Olivia? Oder Severin? Laura war so in Panik, dass sie nicht klar denken konnte.

Sie hatte keine Ahnung, wie lange es dauerte, bis sie sich etwas beruhigte. Sie klickte kurz auf die anderen Videos. Es war jedes Mal das Gleiche. Ihre Wohnung. Abwechselnd tauchten Laura oder Elias auf, und ab und zu waren auch Valerie oder Samson zu sehen. Es gab keine einzige Aufnahme von Amy … Die Kamera musste in einem ihrer Augen sitzen!

War Amy schon so aus der Fabrik gekommen? Oder war sie neulich, als der Techniker da war, mit einem Spionagetool ausgestattet worden? Warum ließ Asshoff die Lilienstedts überwachen?

Etwas war oberfaul!

Laura hatte keine Lust mehr, sich die anderen Dateien anzuschauen. Das, was sie gesehen hatte, genügte ihr vollkommen!

Sie schloss den Laptop, zog den Stick ab und steckte ihn in das rote Samttäschchen, das sie inzwischen von Olivia wiederbekommen hatte. Einen Augenblick lang widerstrebte es ihr, den Stick mit den empörenden Videos neben der prächtigen goldenen Taschenuhr aufzubewahren, aber es erschien ihr der sicherste Ort. Dann ging sie in die Küche, wo Amy gerade die Küchenschränke abwischte.

»Amy, mach bitte mal eine kurze Pause und sieh mich an!«

Die Roboterdame drehte sich gehorsam um. Laura starrte in Amys grüne Augen, die ruhig leuchteten. Erst als sich ihre Köpfe fast berührten, entdeckte Laura in Amys linkem Auge einen von Elias' Moskitos.

»Okay«, sagte Laura. »Du kannst weitermachen, Amy. Bitte.«

Amy nahm wieder ihre Arbeit auf. Laura überlegte fieberhaft. Dieses scheußliche Spiel, das Asshoff Elias geschenkt hatte … Konnte es sein, dass die Mücken mit winzigen Kameras ausgestattet waren?

Laura wusste, dass es solche klitzekleinen Kameras gab, die beispielsweise im medizinischen Bereich eingesetzt wurden, um den Verdauungstrakt zu filmen. Diese Teile waren allerdings auch extrem teuer, sodass sich Laura nicht vorstellen konnte, dass sich Tausende dieser winzigen Kameras in ihrer Wohnung befanden. Aber es reichte ja schon, wenn nur ein paar Moskitos als Spione unterwegs waren. Sie blieben irgendwo hängen und filmten von ihrem Platz aus alles, was ihnen vor die Linse lief. Und ein solcher Spion war in Amys Auge gelandet, was für Asshoff natürlich viel besser war, als wenn eine Kamera die Flusen unter Lauras Bett aufzeichnete. Laura erinnerte sich, dass sie am Abend, als Elias das Spiel bekommen hatte, eine Mücke in eine Streichholzschachtel gesteckt hatte. Sie ging in ihr Zimmer, nahm sich eine Lupe und untersuchte den elektronischen Moskito. Sie konnte nichts Ungewöhnliches daran entdecken. Als sie sich suchend in der Wohnung umschaute, fand sie noch fünf weitere Moskitos, die irgendwo hängen geblieben waren. Eine dieser Mücken war tatsächlich anders. Sie war schwerer, und Laura entdeckte in ihr ein winziges Loch, hinter dem es gläsern schimmerte.

Voller Abscheu rannte sie damit ins Bad und spülte das Ding in der Toilette hinunter. Mochte sich Asshoff doch das örtliche Kanalsystem ansehen!

Kurz darauf bereute Laura ihre impulsive Tat. Das wäre ein Beweisstück gewesen! Zu dumm. Doch jetzt ließ es sich leider nicht mehr rückgängig machen.

Eigentlich waren die Videos schon Beweis genug.

Hoffentlich würde ihre Mutter Asshoff auf den Mond schießen!

# Neue Aufregung

»Ich muss dringend mit dir sprechen«, sagte Laura, als Valerie mit Elias nach Hause kam. »Es ist wirklich wichtig!«

»Siehst du denn nicht, was gerade los ist?«, ächzte Valerie. Elias hing an ihrem Arm und tat so, als könnte er die Beine nicht bewegen. Es war für ihn ein tolles Spiel, aber Lauras Mutter fand es weniger witzig.

»Du zerknitterst mein Kostüm! Der Stoff wird noch reißen! Jetzt HÖR ENDLICH AUF!«

Es kam selten vor, dass Valerie Elias gegenüber richtig laut wurde. Aber anscheinend stand es mit ihren Nerven im Moment nicht zum Besten. Elias war nicht gewohnt, dass sie ihn anbrüllte. Er brach in Tränen aus und ließ sich auf den Boden plumpsen. Valerie beachtete ihn nicht weiter, sondern hängte ihre Kostümjacke auf, nachdem sie den strapazierten Ärmel in Augenschein genommen hatte.

Laura tippte ihr auf den Rücken. »Mama, es ist wirklich ganz wichtig!«

»Ich habe einen Höllentag hinter mir«, stöhnte Valerie. »Können deine Probleme nicht bis morgen warten?«

»Es sind nicht nur meine Probleme, sondern auch deine«, erwiderte Laura. »Genau genommen betrifft die Sache uns alle. Und je eher wir darüber reden, desto besser.«

»Nach dem Abendessen, okay? Ich habe den ganzen Tag nichts gegessen.«

Ungefähr wie ich, dachte Laura. »Gut«, sagte sie.

Amy hatte einen leckeren Zwiebelkuchen vorbereitet. Elias hasste Zwiebeln und kratzte alle herunter, die er auf seinem Kuchenstück fand. Laura pulte die Speckstückchen zur Seite. Valerie aß, ohne den Blick von ihrem Smartphone zu heben, und trank dabei ein großes Glas Rotwein.

Nach dem Abendessen durfte Elias in seinem Zimmer mit seinem Computer spielen. Valerie kam in Lauras Zimmer, sie sah sehr erschöpft aus.

»Also schieß los, aber bitte mach es kurz.«

»Können wir bitte kurz nach draußen gehen?«, bat Laura. »Und ohne Smartphone oder Tablet.«

»Ist das wieder so eine Idee von deinem Vater?«, fragte Valerie misstrauisch.

Laura schüttelte den Kopf. »Nein.«

»Na gut.« Valerie seufzte. »Vielleicht ist es ja gar nicht so schlecht, wenn wir uns eine Viertelstunde die Beine vertreten.«

Bevor sie die Wohnung verließen, gab Valerie Amy die Anweisung, auf Elias aufzupassen. Sie sagte ihm nicht, dass sie mit Laura kurz wegging, sonst hätte er bestimmt wieder einen Aufstand gemacht.

Wenig später standen Laura und ihre Mutter vor dem Gebäude. Die frühsommerliche Abendluft wehte ihnen allerlei süße Düfte entgegen. Laura musste so sehr an die Welt des achten Tages denken, dass es beinahe wehtat.

»Also – was hast du auf dem Herzen?«, fragte Valerie.

Laura schluckte, denn es war nicht einfach, das Ungeheuerliche auszusprechen.

»Dein neuer Freund bespitzelt uns.«

Valeries Gesicht färbte sich rot. »Wie meinst du das?«

»Das Moskito-Spiel. Einige der Mücken haben winzige Kameras. Damit filmt er uns. Ein Moskito sitzt in Amys Auge. Ich habe das Video gesehen… es ist alles drauf… wie sie mich weckt, wie sie Essen zubereitet…« Ihre ganze Empörung kam hoch. Es war zu viel. Laura brach in Tränen aus.

Valerie starrte sie ungläubig an. »Sag das bitte noch mal.«

Laura konnte kaum sprechen. »Ich hab… in seinem Büro einen Stick gefunden… da ist alles drauf. Er hat jeden Tag gefilmt, seit Elias das Spiel hat. Du musst zur Polizei gehen, Mama!«

»Das glaube ich nicht!«, Valerie schüttelte den Kopf. »Das hast du dir nur ausgedacht, um Bernd schlecht zu machen.« Ihre Stimme wurde so schrill wie zuvor bei Elias. »Ich werde dir verbieten, deinen Vater zu besuchen, wenn er dich auf solche Ideen bringt! Das ist eine Unverschämtheit!«

»Ich habe nicht gelogen.« Laura weinte. »Und ich habe mir nichts ausgedacht. Es ist ... es ist wahr. Ich ... ich kann dir die Videos zeigen!«

Ihre Mutter kehrte ihr den Rücken zu und ging in Richtung Hauseingang. Laura blieb verzweifelt zurück. Warum glaubte Valerie ihr nicht? Warum hielt sie zu diesem blöden Asshoff anstatt zu ihrer Familie? Es war eine Katastrophe!

Als Laura völlig leer geweint in ihrem Bett lag und keinen Schlaf fand, klopfte es leise an die Tür. Es war ihre Mutter.

»Kann ich reinkommen?«

Laura gab keine Antwort. Sie stellte sich schlafend.

»Ich weiß, dass du noch wach bist. Es tut mir leid, dass ich vorhin so aufgebraust bin. Was sind das für Videos?«

Laura setzte sich auf. »Willst du sie sehen?« Ihr Hals

tat weh, so sehr hatte sie den Abend über geschluchzt, weil sie sich ganz alleingelassen fühlte. Aber offenbar hatte Valerie ja jetzt ihre Meinung geändert.

»Klar will ich sie sehen.«

Laura holte den Stick aus dem Samtbeutel.

»Was ist das für eine Uhr?« Valerie hatte sie aufmerksam beobachtet.

»Die hat mir Papa geschenkt«, log Laura.

»Lass mal sehen.«

»Ach, das ist nur so ein Billigteil vom Flohmarkt.« Laura winkte mit dem Stick. »Die Videos sind viel wichtiger.« Sie schaltete den Laptop ein und wartete, bis der Computer hochgefahren war. »Ich kann aber nicht dafür garantieren, dass dieses Zimmer nicht verwanzt ist oder dass es irgendwo eine Kamera gibt.«

»Mach trotzdem weiter.«

Laura steckte den USB-Stick in den Schlitz, klickte ein paar Mal mit der Maus und startete das erste Video.

»Amy geht jetzt in mein Zimmer, um mich zu wecken«, fügte sie als Erklärung hinzu.

»Das gibt's doch nicht«, sagte Valerie tonlos. Sie starrte wie hypnotisiert auf den Bildschirm. »Amy filmt alles mit! Ich lasse sie verschrotten!«

»Es ist nicht Amy, sondern der Moskito«, stellte Laura richtig. »Er sitzt in ihrem linken Auge. Es sind die Mücken aus Elias' Spiel, die uns ausspionieren.«

»Nicht zu fassen!«, stieß Valerie aus. Und dann sagte sie eine ganze Weile gar nichts mehr, sondern sah nur stumm auf das Video.

»Was sollen wir jetzt machen, Mama?«, fragte Laura bang.

»*Du* wirst gar nichts machen«, erwiderte ihre Mutter. »Und ich werde morgen mit Bernd reden.«

Das war nicht die Antwort, die Laura erwartet hatte. Sie hatte auf eine Reaktion gehofft wie »Ich rufe den Mistkerl sofort an!« oder »Ich kündige meinen Job bei TEMP auf der Stelle!«. Aber stattdessen schien Valerie nur mäßig wütend zu sein. Oder sie zeigte es nicht. Laura hatte keine Ahnung, was gerade in ihrer Mutter vorging. Sie versuchte, ihre Gedanken zu lesen, aber es war, als empfinge sie nur weißes Rauschen. Seltsam! Vielleicht war sie, Laura, zu aufgewühlt, um sich auf das Gedankenlesen zu konzentrieren. Und so geübt war sie darin schließlich auch noch nicht.

»Ich gehe morgen jedenfalls nicht mehr zu TEMP«, murmelte sie.

»O doch!«, widersprach Valerie sofort. »Du wirst hingehen. Du wirst dich ganz normal verhalten und so tun, als sei nichts gewesen. Wo hast du überhaupt diesen Stick her?«

»Er lag auf seinem Schreibtisch herum«, log Laura.

»Weiß Bernd, dass du ihn genommen hast?«

»Natürlich nicht!«

Was sollte diese Fragerei? Dass Laura den Stick an sich genommen hatte, war doch längst nicht so schlimm wie die Videos, die sie entdeckt hatte. Fing Mama schon wieder an, Bernd in Schutz zu nehmen und sich irgendwelche Erklärungen und Ausreden auszudenken, um sein Verhalten zu rechtfertigen? Konnte Liebe einen wirklich so blind machen?

»Warum spioniert er uns aus, Mama?«, flüsterte Laura.

»Das weiß ich nicht, Schatz, aber ich bin sicher, dass es für all das eine vernünftige Erklärung gibt«, sagte Valerie.

»Es gibt nur einen Grund!«, schrie Laura. »Dieser Mann legt dich rein! Er benutzt dich, um… um… irgendetwas über uns zu erfahren!« Plötzlich durchschoss es sie siedend heiß. Konnte Asshoff Wind von dem achten Tag bekommen haben?

»Ich habe dir gesagt, dass ich mit ihm reden werde«, meinte Valerie. Sie stand auf. »Mach den Laptop aus und gib mir den Stick.«

»Nein!«, sagte Laura trotzig.

»Her damit!«

»Nein!«

Valerie versuchte nun selbst, den Stick von Lauras Laptop abzuziehen. Laura wollte sie daran hindern. Es gab ein Gerangel. Valerie gewann und verließ mit dem Stick in der Hand Lauras Zimmer. Laura blieb heulend auf dem Bett zurück.

Konnte es sein, dass sich ihre eigene Mutter auf die Seite eines Verräters schlug?

Nach einer halben Stunde hatte sich Laura so weit beruhigt, dass sie Olivia anrufen und ihr alles erzählen wollte. Doch kaum hielt sie ihr Smartphone in der Hand, ließ sie es fallen, als hätte sie sich daran verbrannt. Das Smartphone war ein Geschenk von Asshoff. Ganz sicher war es auch mit irgendwelcher Spyware ausgestattet, und Asshoff konnte jedes Telefonat mithören. Vielleicht hatte es auch eine Tracking-Funktion, und er wusste immer, wo sie sich gerade aufhielt. Wenn er sie auch noch durch die eingebaute Kamera beobachten konnte…

Rasch breitete Laura die Bettdecke über das Smartphone. Sie überlegte, mit wem sie telefoniert hatte und was Asshoff gehört haben könnte. Die Gespräche mit Olivia natürlich… Mist, sie hatten über den achten Tag geredet, als Olivia die goldene Taschenuhr verloren hatte. Und dann hatte Laura auch mit Severin telefoniert, damals, als er ihr Vorwürfe gemacht hatte, weil sie die Taschenuhr an Olivia verliehen hatte.

Laura musste also davon ausgehen, dass Asshoff ein paar Mal gehört hatte, wie sie den achten Tag erwähnten. Aber ob er wusste, dass es sich dabei um einen Extratag handelte, der in eine magische Welt führte? Vielleicht dachte er ja auch, dass es nur ein Spiel war…

Trotzdem blieb ein mulmiges Gefühl. Lauras Intuition sagte ihr, dass mehr dahintersteckte. Das alles konnte kein Zufall sein: Erst entdeckte sie die goldene Taschenuhr, die sie in eine magische Welt beamte – und wenig später wurde ihre Familie mit winzigen Kameras überwacht! Worin bestand der Zusammenhang?

Laura zermarterte sich den Kopf. Sie musste daran denken, was ihr Vater am Wochenende gesagt hatte.

*»Wer soll denn so einen extra Tag bekommen? Reiche Leute vielleicht, damit sie ihr freies Wochenende verlängern können?«*

Und die Firma TEMP befasste sich mit dem Phänomen Zeit und zeitlichen Abläufen!

Lauras Magen begann zu schmerzen. Sie erinnerte sich an Magister Horatius, den sie und Severin beobachtet hatten. Der uralte Mann hatte mühsam ein Uhrwerk aufgezogen – und Severin war überzeugt davon, dass damit die Welt des achten Tages am Laufen gehalten wurde. Allerdings hatte Horatius nur einen Ersatzschlüssel gehabt, der notdürftig funktionierte. Deswegen gab es in der Welt des achten Tages immer wieder diese Störungen oder Turbulenzen.

Wenn Magister Horatius tatsächlich der Schöpfer der

magischen Welt war, dann kannte er auch das Geheimnis der Zeit. Und damit war er für eine Firma wie TEMP äußerst interessant.

Langsam fügte sich Puzzlestück um Puzzlestück ineinander – besser als bei dem Spiel in Asshoffs Büro. Die Jugendlichen sollten ihre besonderen Fähigkeiten trainieren, um die Welt zu beschützen – und zwar vor TEMP!

Laura war schweißnass. Sie zitterten am ganzen Körper. Die Bedrohung kam in der Gestalt von Asshoff – und sie war ganz nah! Er hatte es geschafft, Valeries Herz zu gewinnen, und verschaffte sich so Zugang zu ihrer Familie.

Im ersten Moment wollte Laura aufspringen und ihrer Mutter alles erzählen: von der Taschenuhr, der magischen Welt und Lauras eigener, besonderer Fähigkeit. Sie war schon unterwegs zur Tür, als sie abrupt stoppte.

Sie konnte ihrer Mutter nicht mehr vertrauen. Alles, was Laura erzählte, würde sie vielleicht brühwarm an Asshoff weitergeben.

Nein, Laura durfte nur mit jemandem sprechen, auf den sie sich absolut verlassen konnte.

Der Einzige, der ihr dafür einfiel, war Severin.

Am nächsten Morgen beeilte sich Laura mit dem Frühstück. Auf dem Weg zum Bus rief sie Severin an, und zwar mit ihrem alten Smartphone, das zum Glück immer noch funktionierte.

Leider hob Severin nicht ab. Klar, er war noch sauer auf sie. Nach dem Streit hatten sie nicht mehr miteinander geredet. Diesmal sprach Laura auf seine Mailbox.

»Severin, es ist total wichtig, dass wir miteinander reden. Ich habe etwas herausgefunden, von dem ich dir unbedingt erzählen muss. Ach so, wenn du zurückrufst: Nimm bitte diese Nummer, nicht die andere. Mein neues Smartphone wird vielleicht abgehört.«

Sie hatte schon auf den Aus-Knopf gedrückt, als ihr einfiel, dass sie in der Firma TEMP wahrscheinlich gar keine Anrufe empfangen konnte, weil ihr Smartphone nicht mit der modernen Telefontechnik dort kompatibel war – genau wie es zu Hause wegen des 3-D-Telefons nicht funktionierte. Deswegen rief sie Severin noch einmal an und sprach wieder auf die Mailbox.

»Hallo, ich noch mal. Vermutlich kannst du mich nicht erreichen. Ich bin nämlich gleich bei TEMP. Aber ich versuche, dich in der Mittagspause anzurufen. Ciao.«

*Falls mich Asshoff da noch nicht gefesselt und geknebelt hat.*

Bei diesem Gedanken wäre Laura am liebsten umgedreht. Oder sollte sie besser zu Papa fahren und dort abwarten, bis sie mit Severin gesprochen hatte?

Die Entscheidung wurde ihr abgenommen, denn der Bus kam und hielt vor ihr. Laura zögerte kurz, dann gab sie sich einen Ruck und stieg ein. Ihre Mutter hatte gesagt, dass sie sich ganz normal verhalten sollte. Vielleicht würde Valerie ja doch mit Asshoff reden, und alles würde gut werden. Und vielleicht war es wirklich klug, wenn Laura vorerst so tat, als wäre nichts Besonderes los, um nicht zusätzlich Aufmerksamkeit auf sich und die Welt des achten Tags zu lenken.

Laura seufzte und schaute aus dem Fenster. Könnte sie doch nur in die Zukunft sehen! Dann wäre alles viel einfacher!

Die Sonne spiegelte sich in den Glasflächen des Firmengebäudes, so als sei heute ein Tag wie jeder andere. Wieder strebten viele Männer und Frauen dem Eingang zu. Laura holte tief Luft. Auf in die Höhle des Löwen!

Es war angenehm kühl in der Eingangshalle. Die Empfangsdame, die sich an Laura erinnerte, nickte ihr freundlich zu. Überhaupt schienen an diesem Tag alle Leute besonders zuvorkommend zu sein. Im Aufzug wechselte ein älterer Herr sogar ein paar Worte mit Laura.

»Arbeiten Sie auch in der Firma? Pardon, Sie scheinen mir reichlich jung zu sein. Aber vielleicht bin ich nur ein alter Trottel und täusche mich, was Ihr Alter angeht. Die Leute bleiben ja immer länger jung. Dreißigjährige sehen heute aus wie gerade mal achtzehn.«

Laura musste trotz ihrer inneren Anspannung lachen. »Ich bin erst dreizehn und ich mache hier ein Praktikum.«

»Ach so. Na dann viel Spaß noch.«

Der Aufzug hielt, und der Herr stieg aus. Laura fuhr weiter in den achtzehnten Stock. Sie musste daran denken, worüber sie sich eben unterhalten hatte. Ihr fiel der Spiegel ein, der im Badezimmer hing, das in der Welt des achten Tages zu ihrem Vierbettzimmer gehörte. Der Spiegel zeigte nie das richtige Alter an, sondern eine jüngere oder ältere Version der Person, die sich betrachtete. Das hatte Laura anfangs sehr irritiert, aber inzwischen fand sie es faszinierend.

Ein leises Pling ertönte, der achtzehnte Stock war erreicht. Die Türen glitten auf, und Laura trat heraus. Eine Sekunde später kam Asshoff auf sie zu. Alles in Laura krampfte sich zusammen, aber Asshoff wirkte wie immer mit seinem festgetackerten Lächeln.

»Hallo, Laura!«

»Hallo… Bernd«, krächzte Laura. Ihre Kehle war staubtrocken.

»Ich habe leider eine schlechte Nachricht für dich.«

Jetzt kommt's!, dachte Laura bang. Jetzt wird er mich gleich in sein Büro zerren und mit Paketband fesseln.

»Frau Fuchs ist von einem Magen- und Darmvirus erwischt worden und kommt nicht«, sagte Asshoff. »Vielleicht kannst du heute für mich die Telefonate annehmen und Termine machen. Ich zeig dir, wie es geht.«

Laura hatte sich so sehr auf die Kidnapping-Szene versteift, dass sie zwei Sekunden brauchte, um zu begreifen, was er gesagt hatte. Es war, als hätte er Japanisch gesprochen. Erst nach und nach tröpfelte der Sinn seiner Worte in Lauras Gehirn.

»Oh … äh … «

»Es ist vielleicht auch langweilig, aber du wärst mir eine echte Hilfe«, meinte Asshoff. »Frau Fuchs ist ganz selten krank. Die Dame, die sie sonst vertritt, ist bedauerlicherweise ebenfalls erkrankt. Es scheint ein besonders hartnäckiger Virus zu sein. Im Moment fehlen ziemlich viele Leute.«

Laura folgte Asshoff. Er zeigte ihr den Arbeitsplatz von Frau Fuchs. An ihrem Schreibtisch musste Laura jedes Mal vorüber, wenn sie in Asshoffs Büro wollte. Auch dieser Schreibtisch war absolut aufgeräumt und ausgesprochen groß für das, was sich darauf befand: natürlich ein Computer, eine Telefonanlage, ein Terminkalender (ganz altmodisch aus Papier, aber sehr edel!)

und ein Köcher mit einigen Stiften. Außerdem stand eine Ufo-Pflanze neben dem Computer. Der Schreibtisch wirkte dadurch gleich viel freundlicher.

»Das ist also dein Arbeitsplatz für heute«, sagte Asshoff.

Der Schreibtischstuhl war weniger protzig als Asshoffs Ledersessel, aber ziemlich bequem. Asshoff zog eine Schublade auf und nahm ein Headset heraus.

»Wenn du das benutzt, hast du die Hände frei, falls du einen Termin notieren oder etwas am Computer nachsehen willst«, sagte er.

Laura setzte das Headset zögernd auf.

»Wenn es klingelt, drückst du auf den grünen Knopf, dann kannst du reden«, erklärte er ihr die Telefonanlage. »Drück die rote Taste, wenn du das Gespräch beendest. Wenn du das Gespräch an mich weiterleiten willst, dann drücke auf Eins. Du wartest, bis du sicher bist, dass ich abgenommen habe, dann klinkst du dich aus, indem du auf den roten Knopf drückst. Wenn ich nicht abnehme, kommt das Gespräch zu dir zurück. Heute sind leider wieder ein paar Meetings, ich bin also nicht immer verfügbar. Hast du das verstanden?«

»Ja.« Laura nickte. Es war ja nicht schwer.

»Hier neben dem Telefon findest du eine Liste mit Namen und Nummern«, fuhr Asshoff fort. »Wenn der Anrufer jemanden davon sprechen will, dann verbindest du ihn nach dem gleichen Prinzip. Normalerweise wird auf diesem Apparat nur nach mir gefragt, aber wegen der vielen Krankheitsfälle kann es durchaus sein, dass andere Gespräche reinkommen.«

»Okay.« Laura betrachtete ihn aufmerksam von der Seite. Offenbar hatte Valerie noch nicht mit ihm geredet, sonst würde er nicht so einen entspannten Eindruck machen. Oder war er ein guter Schauspieler?

»Wenn jemand einen Termin bei mir haben will, dann schaust du nach, wo etwas frei ist«, sagte Asshoff. »Wenn du den Termin im Notizkalender notiert hast, trägst du ihn auch hier im Computer ein.« Er drückte auf die Tastatur, und der Bildschirm ging an. Asshoff klickte auf das Kalendersymbol, und eine Wochenübersicht erschien. Asshoff führte ihr vor, wie man blättern und Einträge vornehmen konnte. »Der Eintrag im Computer wird automatisch auf mein Smartphone überspielt, sodass ich rechtzeitig an die Termine erinnert werde.« Er tippte auf den Notizkalender aus Papier. »Das Ding verwenden wir nur zur Sicherheit. Quasi doppelte Buchführung.« Er lachte, als hätte er einen Witz gemacht. »Du siehst, dass Frau Fuchs die vorläufigen Meeting-Termine rot angestrichen hat. Die musst du bei der Terminvergabe natürlich auslassen.«

»Ich glaube, ich habe alles kapiert«, sagte Laura.

Wenn Meetings immer so überraschend angesetzt

wurden, wie Asshoff behauptete, wie konnte man dann überhaupt andere Termine festlegen? Aber das war nicht ihr Problem. Sie würde sich an die Anweisungen halten.

»Okay«, meinte Asshoff. »Kann ich dich dann deinem Schicksal überlassen? Wenn du zwischendrin Durst bekommst – Wasser oder Saft findest du hier in Frau Fuchs' Minibar.«

Im Unterbau des Schreibtischs war ein kleiner Kühlschrank untergebracht – wie praktisch! Darin lagen auch kleine Knabbereien wie eine Packung Erdnüsse und ein Schokoriegel.

»Prima, danke«, murmelte Laura.

»In der Zwischenzeit kannst du ja lesen oder auf deinem Smartphone Sudoku spielen – was auch immer.« Asshoff lächelte ihr noch einmal zu, bevor er mit langen Schritten den Raum verließ.

Puh! Laura lehnte sich zurück und versuchte, sich zu entspannen. Der Tag schien doch nicht so schlimm zu werden wie befürchtet.

Merkwürdig war es allerdings schon, dass TEMP überall dafür sorgte, die Zeit möglichst sinnvoll zu nutzen, während Asshoff Laura erlaubte, dass sie las oder Sudoku spielte. Aber er hatte ja am Tag zuvor gesagt, dass TEMP so junge Praktikantinnen nicht gewohnt war. Deswegen durfte sich Laura ganz offiziell langweilen.

Jetzt brauchte sie erst einmal etwas zu trinken. Mund

und Kehle waren ganz trocken. Saubere Gläser standen umgekehrt auf der Fensterbank. Laura nahm sich eins und schenkte sich Wasser ein. Sie trank das Glas in einem Zug aus.

Das Telefon klingelte.

Laura rückte ihr Headset zurecht, holte tief Luft und drückte auf den grünen Knopf. Sie hatte Frau Fuchs zum Glück einige Male beim Telefonieren zugehört.

»Firma TEMP, Apparat Fuchs, Laura Lilienstedt am Telefon«, meldete sie sich. »Guten Tag! Was kann ich für Sie tun?«

»Hallo, hier ist deine Mutter.«

»Hi, Mama.«

»Ist Bernd da?«

»Er ist gerade weg. Ein Meeting. Ich kann dich aber mit ihm verbinden.«

»Nicht nötig, ich will ihn nicht stören. Richte ihm bitte aus, dass ich heute nicht in die Firma komme. Die Betreuerin ist krank, ich muss Elias wieder nach Hause bringen.«

»Lass mich raten. Magen- und Darmvirus.«

Valerie lachte. »Ja, so ähnlich. Woher weißt du das?«

»Weil Frau Fuchs auch krank ist. Ich vertrete sie.«

»O, super! Du hast dich auch schon richtig professionell gemeldet. – Also, ich komme nicht, weil Elias nicht allein zu Hause bleiben kann, du weißt ja.«

»Alles okay.«

»Dann ciao bis heute Abend.« Valerie legte auf.

Laura drückte auf den roten Knopf. Sie war erleichtert und verwirrt zugleich. Erleichtert, weil sich das Gespräch zwischen Valerie und Asshoff verschieben würde. Und verwirrt, weil Valerie so tat, als hätte es den Streit am gestrigen Abend nie gegeben. Heute Morgen war Laura ihr aus dem Weg gegangen.

Laura grübelte. Es wäre so schön, wenn sie ihrer Mutter alles erzählen könnte und diese ihr auch lange genug zuhören würde. Vielleicht könnten sie dann gemeinsam überlegen, was zu tun war. Aber Valerie war schwer einzuschätzen. Vielleicht würde sie zu Bernd halten und dabei helfen, Magister Horatius zu zwingen, sein Geheimnis zu verraten.

Das Telefon klingelte schon wieder.

Sicher noch einmal Mama, dachte Laura und meldete sich mit einem einfachen: »Ja?«

»Ich möchte die Firma TEMP sprechen«, sagte eine Männerstimme.

O verflixt, jetzt hatte sie schon den ersten Fehler gemacht.

»Sie sind richtig. Hier ist der Apparat Fuchs, aber ich bin heute die Vertretung«, erklärte Laura.

»Mein Name ist Vollenweider. Bitte verbinden Sie mich mit Doktor Asshoff.«

»Er ist momentan in einem Meeting, aber ich werde es versuchen«, sagte Laura, während sie sich zu erinnern versuchte, wo sie den Namen Vollenweider schon gehört hatte. »Einen Moment, bitte.«

Sie drückte auf die Eins, wie Asshoff es ihr gezeigt hatte. Es tutete in ihrem Ohr. Dann wurde abgenommen.

»Bernd Asshoff.«

»Guten Tag, hier ist Darius Vollenweider. Bitte entschuldigen Sie die Störung…«

Lauras Finger schwebte schon über dem roten Knopf. Magister Darius! Es durchfuhr sie eiskalt. Was wollte er von Asshoff? Gab es bereits eine Verbindung zwischen Asshoff und der Welt des achten Tages?

Anstatt sich aus dem Gespräch auszuklinken, hörte Laura weiter zu. Sie atmete so leise wie möglich, damit niemand merkte, dass sie noch in der Leitung war.

»Wir sollten uns treffen«, sagte Darius. »So bald wie möglich. Ich habe etwas für Sie, was Sie interessieren wird.«

»Herr Vollenweider, ich habe Ihnen schon neulich gesagt, dass ich nicht interessiert bin. Ich kann in so kurzer Zeit keine 200 000 Euro aufbringen.«

»Ich kann mir leider nicht erlauben, mit dem Preis herunterzugehen. Die Behandlung meines Handicaps kostet so viel, ich brauche eine spezielle Therapie, die meine Krankenkasse nicht bezahlt. Überlegen Sie sich mein Angebot noch einmal. Immerhin biete ich Ihnen den Schlüssel zu allem an.«

Laura hielt die Luft an, während Asshoff nichts sagte.

»Ich könnte auf 180 000 Euro heruntergehen, aber das ist das Äußerste«, meinte Darius.

»150 000 Euro«, kam es wie aus der Pistole geschossen von Asshoff.

»Einverstanden.« Darius' Stimme klang etwas krächzend. »Ich schlage ein Treffen heute Abend vor. Um zwanzig Uhr im Bistro *Deadline*?«

»Guter Treffpunkt«, sagte Asshoff. »Ich werde da sein.«

»Und vergessen Sie das Geld nicht.« Damit legte Darius auf.

Geistesgegenwärtig drückte Laura im selben Moment auf den roten Knopf.

Sie zitterte am ganzen Körper. Hoffentlich hatte niemand etwas bemerkt. Notfalls konnte sie sich bei Asshoff damit herausreden, dass sie nicht ganz mit der Telefonanlage klargekommen war. Schließlich war alles neu für sie.

In Gedanken ging sie das Gespräch noch einmal durch. Hatte Darius das Wort Schlüssel nur symbolisch gemeint? Oder ging es dabei um einen realen Schlüssel? Konnte es sein, dass Magister Darius den Schlüssel gestohlen hatte, der für die magische Welt so wichtig war?

Laura konnte kaum erwarten, Severin alles zu erzählen.

# Der Schlüssel zu allem

Severin nahm gleich ab, als Laura ihn in der Mittagspause mit ihrem alten Smartphone anrief.

»Hi, Laura.«

»Hallo, Severin.« Laura holte tief Luft. Es fiel ihr nicht leicht, sich zu entschuldigen. »Es tut mir leid, dass unser Gespräch am Montag so blöd verlaufen ist.«

»Schon vergessen.« Er lachte kurz. »Was hast du denn für aufregende Neuigkeiten?«

»Es ist etwas Furchtbares passiert.« Laura erzählte ihm, wie sie am Tag zuvor Asshoffs Videos und dann seine Spionagemücken entdeckt hatte. Severin war genauso schockiert wie sie.

»Ich bin sicher, dass es mit dem achten Tag zusammenhängt«, fuhr Laura fort und berichtete von Darius Vollenweiders Anruf.

»Wow, das ist ja der Hammer«, meinte Severin.

»Glaubst du, er hat wirklich den Schlüssel?«

»Das werden wir herausfinden. Ich schlage vor, wir treffen uns um neunzehn Uhr vor dem Kino und fahren dann zum Bistro *Deadline.*«

»Okay.«

Sie würden Asshoff und Magister Darius also beschatten. Laura dachte sofort an eine Perücke und eine dunkle Sonnenbrille. Oder war es albern, sich zu tarnen? Aber wenn Asshoff Laura im Bistro entdeckte, würde er sofort Verdacht schöpfen. Ihre Mutter hatte sich einmal eine blonde Perücke für eine Kostümveranstaltung angeschafft. Das Ding musste noch in ihrem Schrank sein.

Es fiel Laura schwer, nach der Mittagspause ins Büro zurückzukehren und so zu tun, als sei nichts gewesen. Asshoff ließ sich kurz blicken, er war wieder mal auf dem Weg in ein Meeting und aß im Gehen ein Käsebrötchen.

Am frühen Nachmittag riefen mehrere Leute an, und Laura vereinbarte Termine. Solange sie etwas zu tun hatte, war sie abgelenkt und musste nicht immer an das bevorstehende Treffen denken. Hoffentlich haute das hin. Sie würde erst zu ihrem Vater fahren und musste sich dann eine Ausrede einfallen lassen, um rechtzeitig zu Severin zu kommen.

Gegen fünf Uhr konnte sie Feierabend machen, und eine halbe Stunde später war sie zu Hause. Valerie

Lilienstedt und Elias saßen am Küchentisch und falteten Kraniche aus Origami-Papier. Laura wunderte sich, dass Elias so viel Geduld dazu aufbrachte. Besonders, weil seine Finger wegen des Gipsarmes nicht so beweglich waren wie sonst.

»Hallo!«

»Hallo, Laura!« Valerie lächelte. »Schön, dass du da bist! Bernd meint, du warst ihm heute eine große Hilfe.«

»Du hast mit ihm gesprochen?«, fragte Laura, und das mulmige Gefühl in ihrem Bauch kehrte zurück.

»Ja.« Valeries Miene verriet nichts. Lauras Mutter hatte ihr Pokerface aufgesetzt.

»Auch über … die andere Sache?«, hakte Laura nach.

»Nicht vor Elias«, warnte Valerie leise.

Aber Elias hatte Ohren wie ein Luchs, und wenn er etwas nicht hören sollte, dann interessierte es ihn natürlich besonders.

»Was für eine andere Sache?«, plärrte er.

»Laura möchte auch so ein Moskito-Spiel, weil du sie nicht spielen lässt«, log Valerie. »Nur Bernd kann es besorgen, weil es noch nicht offiziell auf dem Markt ist.«

Sie klang absolut überzeugend. Laura hatte nicht gewusst, dass ihre Mutter eine so gute Schauspielerin war.

»Laura soll kein solches Spiel bekommen!«, schrie Elias, und sein Gesicht lief rot an. »Ich will das nicht. Sie hat schon das Smartphone.«

»Darüber reden wir noch«, versuchte Valerie ihn zu beruhigen.

Laura ging in ihr Zimmer. Sie war noch immer verblüfft darüber, wie leicht ihrer Mutter die Lüge über die Lippen gekommen war. Wie oft war Laura wohl angelogen worden, ohne dass sie es gemerkt hatte? Laura stellte wieder einmal fest, dass sie ihre Mutter kaum kannte, obwohl sie schon dreizehn Jahre mit ihr zusammenlebte.

Die Sachen, die Laura für das Wochenende bei Papa brauchte, waren schon gepackt. Fehlte nur Mamas Perücke. Laura zögerte. Brauchte sie diese wirklich? Aber sicher war sicher.

Leise schlich sie aus dem Raum und in Valeries Schlafzimmer. Wo bewahrte Valerie die Perücke wohl auf? Hoffentlich hatte sie sie nicht längst weggeworfen!

Laura öffnete auf gut Glück ein oberes Schrankfach. Darin standen mehrere große Schachteln. Laura zog eine heraus und öffnete den Deckel. Mist, ein grüner Hut! Laura konnte sich nicht erinnern, dass ihre Mutter diesen je getragen hatte. Sie versuchte es mit den anderen Schachteln. In der dritten wurde sie fündig. Eine Perücke! Allerdings keine blonde, wie Laura in Erinnerung gehabt hatte, sondern eine schwarze mit üppigen langen Locken.

Laura nahm die Perücke an sich und stellte die Schachteln so zurück, wie sie sie vorgefunden hatte. Dann huschte sie in ihr Zimmer zurück und stopfte die Perücke in ihren Rucksack.

Laura vergewisserte sich, dass sie alles hatte, und ging in die Küche, um sich zu verabschieden.

»Ach so, das habe ich dir noch gar nicht gesagt.« Valerie räumte gerade die gefalteten Kraniche zur Seite. »Es gibt eine Planänderung.«

»Und welche?«, fragte Laura.

»Dein Besuch bei Papa ist auf morgen früh verschoben. Ich gehe heute Abend weg, und du passt bitte auf Elias auf.«

»Das geht nicht«, rief Laura. »Das war anders ausgemacht!«

Mit wem will sie sich treffen?, überlegte sie gleichzeitig. Asshoff hat doch eine Verabredung mit Magister Darius!

»Ich will mit deinem Vater essen gehen«, sagte Valerie. »Wir haben einiges zu besprechen.«

Damit hatte Laura nicht gerechnet. War das ein gutes Zeichen oder ein schlechtes? Lauras Fantasie schlug sogleich Purzelbäume. Vielleicht war Valerie so sauer auf Asshoff, dass sie jetzt endlich merkte, wie gut sie es mit Lauras Vater gehabt hatte. Und sie wollte mit ihm über einen Neustart sprechen …

Laura kämpfte mit sich. Diese Chance durfte sie nicht

vermasseln, indem sie sich querstellte. Severin musste eben allein ins Bistro *Deadline* gehen. Schließlich konnte er Darius und Asshoff auch ohne sie beschatten. Das war vielleicht sogar besser, denn Asshoff kannte Severin nicht.

»Okay«, sagte Laura zögernd zu ihrer Mutter. »Ich bleibe zu Hause und passe auf Elias auf. Ausnahmsweise. Obwohl ich mich schon so auf Papa gefreut habe.«

»Als Belohnung bekommst du aber nicht das Moskito-Spiel«, quäkte Elias dazwischen.

»Darüber reden wir noch, das habe ich schon gesagt«, erwiderte Valerie. »Laura, kannst du Amy anweisen, dass sie für dich und Elias das Abendessen vorbereitet? Ich muss mich fertig machen.«

»Alles klar«, sagte Laura, während Elias frustriert alle Papierkraniche vom Tisch fegte.

Valerie verschwand in ihrem Schlafzimmer.

Hoffentlich merkt sie nicht, dass ich an ihrem Schrank war, dachte Laura besorgt.

Es war mehr als unwahrscheinlich, dass Valerie jetzt ihre Perücke vermissen würde. Trotzdem hatte Laura vor, sie so bald wie möglich zurückzubringen.

Eine Viertelstunde später verließ Valerie – gestylt und von einer Parfümwolke umgeben – die Wohnung. Amy bereitete inzwischen einen Gemüseeintopf vor. Laura versuchte, mit Elias weiter Papierfiguren zu falten, doch ihr Bruder hatte keine Lust mehr. Er rannte in sein Zimmer, und wenig später flog ein neuer Moskitoschwarm durch den Flur.

Amy griff sofort wieder nach der Fliegenklatsche. Inzwischen war sie geübt und erlegte mehr Mücken, als Elias mit seinem Joystick zurückholen konnte. Laura trat auf jede Mücke, die sie erwischte, und freute sich, wenn es unter ihrer Sohle knirschte. Dann verzog sie sich in ihr Zimmer, nachdem sie sich vergewissert hatte, dass kein Moskito in ihrem Haar saß.

Sie kramte die Perücke aus ihrem Rucksack, um sie zurückzubringen. Als sie sie in den Händen hielt, zögerte sie. Laura konnte der Versuchung nicht widerstehen, sie aufzusetzen, weil sie wissen wollte, wie sie damit aussah. Die Perücke schmiegte sich an ihren Kopf. Sie passte wie angegossen. Laura trat vor den Spiegel – und zuckte zurück. Die Ähnlichkeit mit Magistra Elisa war schon bei ihr verblüffend! Ihre Mutter musste mit der Perücke wie das Ebenbild der Lehrerin aussehen.

Sofort riss sich Laura die Perücke vom Kopf. Das konnte doch nicht sein! Spielte ihre Mutter ein doppeltes Spiel? War sie hier in dieser Welt die gestresste Karrierefrau, während sie sich in der Welt des achten Tages als verständnisvolle Lehrerin der Magie ausgab?

Dieser Gedanke schockierte Laura so sehr, dass sie

sich setzen musste. Ihr war schwindelig. Mit einem Mal hatte sie das Gefühl, dass ihr alles über den Kopf wuchs. In den letzten Tagen war einfach zu viel passiert!

Amy rief zum Essen. Laura ließ die Perücke schnell unter der Bettdecke verschwinden. Sie konnte sie ja nachher noch in die Schachtel zurücklegen. Als sie am Tisch saß, stellte sie fest, dass sie kaum einen Löffel herunterbrachte, obwohl der Eintopf sehr lecker duftete. Elias dagegen schlang so schnell, dass er sich verschluckte und Karotten und Erbsen durch die Gegend spuckte.

Amy grunzte vor sich hin, als sie alles wieder aufwischen musste.

»Danke, Amy«, sagte Laura laut und erntete einen verwunderten Blick von Elias.

»Sie ist doch nur eine Maschine«, sagte er.

»Amy ist eine intelligente Maschine«, berichtigte Laura. »Sie ist eine künstliche Intelligenz. Und du hast vielleicht schon gehört, dass die Wissenschaft es für möglich hält, dass künstliche Intelligenzen ein Ich-Bewusstsein entwickeln.«

»Was ist ein Ich-Bewusstsein?«, wollte Elias wissen.

»Du hast es, sobald du feststellst, dass du du bist und niemand anderes«, erklärte Laura. »Einzigartig und unverwechselbar.«

Darüber musste Elias angestrengt nachdenken und löffelte schweigend seinen Eintopf.

Laura fiel siedend heiß ein, dass sie ja noch Severin Bescheid geben musste, weil sie nicht kommen konnte. Es war bereits eine Minute nach sieben. Sie schob ihren Teller von sich weg.

»Danke, Amy, aber ich habe keinen Hunger mehr«, sagte sie, stand auf und lief rasch in ihr Zimmer, um Severin von ihrem Laptop aus eine Nachricht zu schicken. Sie traute sich nicht, ihr neues Smartphone zu benutzen, und das alte funktionierte ja nicht in der Wohnung.

Hoffentlich las Severin die Mail!

Sicherheitshalber schickte Laura noch eine zweite Mail hinterher. »Viel Glück«, schrieb sie. »Morgen früh fahre ich zu meinem Vater. Ich rufe dich an, sobald es geht. Falls du dich meldest: per Mail oder Nachricht auf mein altes Smartphone. Nicht die neue Nummer, du weißt schon.«

»Alles klar«, kam Severins Antwort zurück, und Laura seufzte erleichtert.

In der Küche gab es Krach. Elias hatte wieder eine Auseinandersetzung mit Amy. Er hielt einen ihrer Teleskoparme fest und versuchte, ihr ihn auf den Rücken zu drehen.

»Hör sofort auf damit!«, schrie Laura. »Was soll das?«

»Ich will herausfinden, ob sie auch Schmerzen hat«, antwortete Elias.

»Lass los!«, befahl Laura.

Elias gehorchte.

Laura vergewisserte sich, dass Elias den Arm nicht beschädigt hatte. Dabei begegnete sie Amys Blick. Ihre Augen leuchteten grün und ruhig.

Der Moskito fehlte.

Es war schon elf Uhr abends. Valerie war immer noch nicht zurück. Elias weigerte sich, ins Bett zu gehen, obwohl Laura es mehrfach versucht hatte. Sie war mit den Nerven am Ende. Severin hatte noch keine Mail geschrieben. Ob er etwas herausgefunden hatte? Laura wünschte, sie hätte dabei sein können. Mamas Perücke hatte sie wieder in die Schachtel zurückgelegt.

Um Viertel nach elf hörte Laura, wie ihre Mutter zurückkam. Elias und Laura saßen in der Küche und spielten die zigste Partie Memory. Bei diesem Spiel gewann Elias meistens, obwohl er inzwischen heftig gähnte. Amy hing an der Ladestation.

»Elias, du bist noch nicht im Bett?«, sagte Valerie, als sie die Küche betrat. »Du weißt, dass du deinen Schlaf brauchst, sonst bist du morgen unausstehlich.«

Das ist er auch so, dachte Laura und sammelte die Karten ein.

»Okay, dann mache ich das«, meinte Valerie und schnappte sich Elias, der sich widerstandslos abführen ließ.

Laura wartete. Sie wollte gerne wissen, wie das Treffen ihrer Eltern verlaufen war. Und dann interessierte sie mindestens genauso brennend, ob Valerie mit Asshoff geredet hatte. Was hatte er wegen der Spionage-Mücken zu seiner Verteidigung gesagt?

Erst kurz vor Mitternacht kam Valerie aus Elias' Zimmer. Laura war ganz hibbelig, aber ihre Mutter streckte abwehrend die Hände von sich.

»Schatz, ich bin todmüde. Können wir vielleicht morgen reden?«

»Morgen bin ich bei Papa«, entgegnete Laura.

»Dann eben am Sonntag.« Valerie trank einen Schluck Wasser und wollte sich zurückziehen, aber Laura hielt sie am Arm fest.

»Wie war es mit Papa?«

»Ganz nett. Weißt du schon, dass er das Chorgestühl einer alten Kirche restaurieren soll? Das ist ein ziemlich guter Auftrag.«

Es interessierte Laura eigentlich mehr, wie die Stimmung zwischen ihren Eltern gewesen war, aber wenigstens redete Valerie jetzt nicht von Papa wie von einem Loser. Laura glaubte sogar, etwas Anerkennung aus dem Tonfall ihrer Mutter herausgehört zu haben.

»Und was hat … Bernd gesagt?«, fragte Laura noch schnell, als ihre Mutter den Raum schon verlassen wollte.

Valerie lachte. »Ich fürchte, wir haben ihn zu Unrecht verdächtigt.«

Zu Unrecht verdächtigt? Laura glaubte, sich verhört zu haben. Das, was er getan hatte, war doch sonnenklar: Er hatte das Moskito-Spiel in die Wohnung gebracht und sie damit ausspioniert!

»Das musst du mir erklären«, sagte Laura gepresst. Sie musste sich sehr zusammennehmen, um ihre Mutter nicht anzuschreien.

»Ich habe Bernd natürlich nicht gesagt, dass du seinen USB-Stick geklaut hast«, meinte Valerie. »Vielleicht kannst du ihn am Montag unauffällig zurücklegen.«

Laura schnappte nach Luft. »Du hast ihm gar nichts gesagt? Nichts von den Kameras?«

»Natürlich habe ich etwas gesagt, wo denkst du hin?«, entrüstete sich Valerie. »Ich habe ihm erzählt, dass Elias einige Moskitos genau untersucht und dabei eine Mücke mit einer winzigen Kamera entdeckt hat.«

»Und?« Jetzt war Laura mächtig gespannt.

»Bernd hatte ja erklärt, dass das Spiel noch gar nicht auf dem Markt ist«, sagte Valerie. »Und ja, es ist gedacht, um Leute und Wohnungen unauffällig auszuspionieren. Das Spiel ist momentan noch in der Testphase, und Bernd ist einer der Produkttester. Du siehst – die Aufregung war umsonst. Alles ganz harmlos.«

»Das glaubst du?«, stieß Laura empört aus.

»Ja, warum nicht?«

»Wenn er das Spiel tatsächlich testet, dann hätte er uns das sagen müssen«, rief Laura. »Er darf uns nicht einfach filmen! Jeder von uns hat ein Recht auf seine Privatsphäre!«

»Ach Kind, manchmal bist du wirklich päpstlicher als der Papst«, meinte Valerie. »Wir haben schließlich nichts zu verbergen, oder?«

»Aber –«

»Und apropos Privatsphäre«, sagte Valerie. »Die beanspruche ich jetzt auch für mich. Gute Nacht.« Damit rauschte sie aus der Küche.

Laura blieb sprachlos zurück.

In dieser Nacht konnte Laura kaum schlafen. Grübelnd lag sie im Bett. Glaubte Valerie tatsächlich, was Asshoff gesagt hatte? Seine Ausrede stank doch schon von Weitem nach einer dicken, fetten Lüge! Produkttester für ein Spionagespiel! Nie und nimmer! War ihre Mutter wirklich so liebesblind?

Oder war sie, Laura, einfach zu misstrauisch, weil sie Asshoff nicht leiden konnte?

Sie brauchte dringend eine zweite Meinung!

Immer wieder klappte sie ihren Laptop auf und sah nach, ob Severin ihr etwas geschrieben hatte. Schließlich schickte sie ihm eine Mail.

»Wie ist es gelaufen?«

Sie wartete.

Keine Antwort.

Gut, es war mitten in der Nacht. Severin lag vermutlich in seinem Bett und schlief.

Falls er nicht …

Laura versuchte energisch, ihre Fantasie zu zügeln, die sich schon wieder das Schrecklichste ausmalte. Am Morgen würde sich Severin ganz bestimmt melden.

Es wurde draußen schon hell, als Laura endlich in einen unruhigen Schlummer fiel.

»Aufs-stehän bittä!«

Diesmal war es Elias, der Laura die Bettdecke wegriss. Für ihn war es ein großer Spaß. Er lachte sich kaputt, als Laura ihn irritiert anstarrte.

»Nimmst du immer deinen Laptop mit ins Bett?« Er griff danach.

Laura konnte gerade noch verhindern, dass er sich das Gerät schnappte.

»Es ist neun Uhr, wir wollen doch zu Papa!«, verkündete Elias.

»Du auch?«

»Ja, Mama hat es erlaubt.«

Laura unterdrückte einen Seufzer. Es wäre ihr lieber gewesen, sie hätte ihren Vater für sich allein gehabt.

Aber na gut. Falls sich ihre Eltern wieder versöhnen sollten – nach dem gestrigen Abend hoffte es Laura mehr denn je –, wollte Laura das auf keinen Fall gefährden.

»Ich komme gleich.«

Elias zog ab, und Laura schwang die Beine über die Bettkante. Bevor sie jedoch aufstand, klappte sie ihren Laptop auf.

Eine Nachricht von Severin. Endlich!

»Kannst du heute Vormittag zu mir kommen? Wir müssen dringend reden! S.«

»Ich versuche es«, schrieb Laura rasch zurück. »Bis später.«

Schnell formte sich in ihrem Kopf ein Plan. Sie würde das selbstfahrende Auto, das sie und Elias zu Papa bringen sollte, unterwegs stoppen und aussteigen, um den Bus zu Severin zu nehmen. Elias würde dann allein zu Papa weiterfahren, und sie würde später nachkommen.

Elias hatte schon gefrühstückt und wartete abmarschbereit an der Wohnungstür. Laura verschlang hastig einige Löffel Müsli, trank ein Glas Saft und brauchte keine fünf Minuten im Bad. Valerie telefonierte die ganze Zeit mit irgendwelchen Krawattenträgern – wie Laura in dem Hologramm des 3-D-Telefons sah. Ihre Mutter brachte sich oft samstags Arbeit mit nach Hause. Sie behauptete immer, sie müsse die Zeit nutzen – ganz nach dem Firmenmotto von TEMP.

»Hör mal, Elias«, sagte Laura, als sie im Auto saßen und losgefahren waren. »Ich steige nachher aus, weil ich mich noch mit jemandem treffen will. Du wirst allein zu Papa fahren. Das hast du schon öfter gemacht.«

»Mit wem triffst du dich?«, fragte Elias neugierig.

»Das geht dich nichts an.«

»Dann verpetz ich dich bei Mama.«

»Okay. Es ist ein Junge aus meiner Schule. Jetzt weißt du es.«

»Bist du verliebt in ihn?«, fragte Elias grinsend.

»Nein.« Laura spürte, wie sie rot wurde. Verflixt noch mal! Sie war doch wirklich nicht verknallt, im Gegensatz zu Olivia.

»Warum triffst du dich dann mit ihm?«

»Weil ich mir seinen Kalong ansehen will.« Diese Ausrede fiel Laura zum Glück ein.

»Was ist ein Kalong?«

»Eine Art große Fledermaus. Oder eher ein Flughund.«

»Den will ich auch sehen!« Elias bekam glänzende Augen.

Oje, vielleicht war es doch keine so gute Ausrede gewesen!

»Ein andermal vielleicht«, sagte Laura und erwartete heftigen Protest.

Aber zu ihrer Überraschung blieb Elias ruhig.

Als sie sich der richtigen Bushaltestelle näherten, gab Laura dem Auto den Befehl, anzuhalten und die Tür zu öffnen. Der Wagen gehorchte. Laura stieg aus und winkte Elias zu. Gleich darauf fuhr das Auto weiter.

Laura musste zweimal umsteigen, aber schließlich läutete sie an Severins Haustür. Frau Süßkind, seine Mutter, öffnete.

»Ich bin Laura Lilienstedt«, stellte sich Laura vor.

»Severin erwartet dich schon«, sagte Frau Süßkind. »Er ist hinten im Garten.«

Sie führte Laura durchs Haus und über die Terrasse in den Garten. Laura braucht etwas Zeit, bis sie Severin zwischen all den ausladenden Büschen und Blumenbeeten fand. Er lag in einer Hängematte und las in einem Buch, während über ihm im Baum etwas hing, das aussah wie eine große schwarze Tüte. Der Kalong! Beim Näherkommen erkannte Laura den Kopf und die glänzenden Augen. Ein bisschen unheimlich sah er ja aus!

Deswegen blieb sie auch zwei Meter vor der Hängematte stehen. »Hallo, Severin!«

Er schnellte hoch und wäre um ein Haar aus der Hängematte gefallen.

»Hallo, Laura!«

»Wie ist es gestern gelaufen?«, wollte Laura wissen.

Severin deutete auf die Hängematte. »Setz dich neben mich. Die Hängematte hält auch uns beide aus. Er muss ja nicht die ganze Nachbarschaft mitkriegen, was ich dir erzähle.«

Laura schielte zu dem Kalong.

»Vor Jonathan brauchst du keine Angst zu haben.« Severin lachte. »Er tut dir nichts. Oder hast du Angst vor mir?«

»Das hättest du wohl gern«, erwiderte Laura, trat auf ihn zu und ließ sich in der Hängematte nieder. Sie saßen so dicht an dicht, dass ihre Arme sich leicht berührten.

»Ich war eine Viertelstunde zu früh im Bistro *Deadline*«, berichtete Severin. »Zum Glück war es nicht besonders voll, und ich konnte mir einen guten Platz suchen, von dem aus ich alles sehen konnte. Ich bestellte mir eine Portion Pommes und eine Cola. Zuerst kam Magister Darius und ein paar Minuten später Asshoff. Beide tranken ein Bier, aber besonders gute Freunde schienen sie nicht zu sein. Von meinem Platz aus konnte ich leider nicht hören, worüber sie redeten, aber ich beobachtete, wie Asshoff einen dicken Umschlag über den Tisch schob. Magister Darius überreichte ihm daraufhin eine Plastiktüte. Asshoff schaute hinein und hielt kurz einen großen Schlüssel in der Hand. Wenig später ist er dann gegangen. Magister Darius ist noch eine Weile geblieben und hat ein paar Euro in einen Spielautomaten gesteckt. Nachdem er ein paar Mal gewonnen hatte, ist er auch gegangen.«

Laura hatte atemlos zugehört.

»In dem Umschlag befand sich viel Geld, 150 000 Euro«, sagte sie dann. »Glaubst du, es war der verschwundene Schlüssel?«

»Ich kann mir nicht vorstellen, was es sonst gewesen sein soll«, meinte Severin.

»Dann hat Magister Darius ihn gestohlen.« Laura schluckte. »Er ist ein Verräter.«

»Ja, er verrät die Welt des achten Tages«, murmelte Severin. »Und ausgerechnet an eine Firma wie TEMP.«

»Was können wir tun?«, fragte Laura.

»Wir werden ihn uns vorknöpfen«, sagte Severin. »Guck nicht so ängstlich, ich will mich nicht mit ihm schlagen. Es gibt eine viel bessere Methode, ihn zu einem Geständnis zu zwingen.«

Laura ging ein Licht auf. »O ja, ich verstehe!«

Nachdem Severin ihr den Kalong vorgestellt und Laura Jonathan vorsichtig gestreichelt hatte, machten sich beide auf den Weg zu Darius Vollenweider. Seine Wohnung lag in einem Viertel mit älteren kleinen Häuschen. Manche waren renoviert worden, andere verfielen nach und nach. Von dem Haus, in dem Magister Darius wohnte, bröckelte der Putz, und auch die schäbige Haustür und die Fenster hatten schon bessere Zeiten gesehen.

Severin läutete und wartete, bis der Türsummer ertönte. Eine Sprechanlage gab es nicht, und so war Magister Darius sehr überrascht, als Laura und Severin vor seiner Wohnung im ersten Stock auftauchten.

»Ihr wollt zu mir? Ich kaufe nichts.« Er wollte ihnen die Tür vor der Nase zuschlagen, aber Severin schob rasch seinen Fuß dazwischen.

»Wir müssen mit Ihnen reden.«

»Ich wüsste nicht, worüber.« Darius versuchte, Severins Fuß wegzudrücken.

»Wissen Sie das wirklich nicht?«, begann Severin. »Können Sie sich nicht an uns erinnern, Magister Darius? Haben Sie die Welt des achten Tages schon vergessen?«

Magister Darius begann zu stöhnen. Sein Widerstand ließ nach, und Severin und Laura konnten die Wohnung betreten.

Schon der Flur war völlig zugemüllt. Neben der Garderobe stand ein altes Fahrrad, das bestimmt nicht mehr fahrtüchtig war. Auf dem Boden lagen leere Pizzaschachteln.

Magister Darius wich vor den beiden zurück, die Hände an den Ohren, um sie sich bei der nächsten Frage zuzuhalten. So gelangten sie ins Wohnzimmer, das noch schlimmer aussah. Darius war ein Messie, daran gab es keinen Zweifel. Vertrocknete Zimmerpflanzen standen neben leeren Dosen, die einmal Katzenfutter enthalten hatten, aber eine Katze war nirgends zu sehen. Die

Couch, aus der schon das Innenleben quoll, war mit Zeitungen und Zeitschriften belagert. Auf dem Tisch standen leere oder halb volle Weinflaschen und Gläser, daneben stapelten sich ungespülte Teller. Es stank widerlich. Laura hätte sich am liebsten die Nase zugehalten. So ein Chaos hatte sie noch nie gesehen.

»Ich bin auf Besuch nicht eingerichtet«, murmelte Magister Darius. »Sonst hätte ich aufgeräumt.«

»Darum geht es nicht«, sagte Severin. »Was haben Sie gestern an Doktor Asshoff verkauft? War es der Schlüssel, den Magister Horatius schon die ganze Zeit sucht?«

Darius jaulte auf, als habe er Zahnschmerzen.

»Aufhören, aufhören!«, jammerte er. »Ihr wisst doch, dass ich keine Fragen ertrage! Aufhören, bitte!«

»Wir hören erst auf, wenn Sie uns alles erzählen«, sagte Laura.

»Ja, ja, aber keine Fragen mehr, bitte!« Darius nickte eifrig, und Laura erkannte, dass sie einen gebrochenen Mann vor sich hatten. Und die vielen Flaschen deuteten auch darauf hin, dass der Alkohol ihn fest im Griff hatte.

Von irgendwoher brachte Darius zwei Hocker herbei, damit Severin und Laura sich setzen konnten. Für sich räumte Darius ein Stück von der Couch frei. Er sank tief ein, als er sich auf das Polster fallen ließ.

»Warum haben Sie das getan?«, fragte Severin.

Darius stöhnte erneut auf und presste die Hände auf die Ohren.

»Ich erzähle euch alles ... Es ist eine lange Geschichte!«

»Wir haben Zeit«, meinte Severin.

Magister Darius lehnte sich nach vorne. Seine blutunterlaufenen Augen sahen müde aus. Er räusperte sich und begann:

»Ich war früher einmal Lehrer. Ein guter, wie ich meine. Aber dann ... kam diese Krankheit, ihr wisst schon. Ich konnte nicht mehr unterrichten, weil ich es nicht ertrug, wenn die Schüler mich etwas fragten. Zuerst fand ich es nur an manchen Tagen schlimm, an anderen machte es mir nichts aus. Die Schüler merkten natürlich bald, was mit mir los war, und löcherten mich so lange mit Fragen, bis ich einen Nervenzusammenbruch bekam. Ich war lange krank und konnte nicht mehr als Lehrer arbeiten.«

Laura und Severin nickten. Diese Vorgeschichte hatte Severin schon recherchiert.

»Für mich war es sehr schlimm, nicht mehr unterrichten zu können«, fuhr Darius fort und starrte trübsinnig vor sich hin. »Ich begann zu trinken, erst nur ein oder zwei Gläser am Tag, dann immer mehr. Schließlich war ich fast den ganzen Tag betrunken. Meine Frau hielt es nicht mehr mit mir aus und verließ mich. Danach wurde es mit dem Trinken noch schlimmer.«

Laura spürte, dass ihr Darius fast leidtat. Sie verdrängte schnell das Gefühl. Was er getan hatte, war so schlimm, dass es keine Entschuldigung dafür gab.

»Vor einiger Zeit kam eine Frau zu mir und bot mir Hilfe an«, erzählte Darius weiter. »Ihr kennt sie – es war Magistra Elisa. Sie sagte, sie würde einen guten Lehrer für eine ungewöhnliche Schule brauchen. Ich dachte natürlich an eine Privatschule. Magistra Elisa half mir, einen Entzug zu machen. Das klappte auch. Und dann zeigte sie mir die Welt des achten Tages.«

Er musste sich mit einem Taschentuch über die schweißnasse Stirn wischen, so sehr strengte ihn das Reden an.

»Ich war überrascht«, sagte er dann. »Ich hatte nie an Magie geglaubt – und jetzt begegnete ich einer Welt voller Wunder! Ich war am Anfang so euphorisch und dachte, dass mein Handicap hier keine Rolle spielen würde. Meine Schüler in der *Schule der Ewigkeit* benahmen sich auch ganz anständig und verspotteten mich nicht. Eine Schülerin, die des Heilens mächtig war, versuchte ihr Glück an mir – und versagte. Das deprimierte mich sehr, und ich begann wieder zu trinken. Zunächst nur heimlich.« Seine Augen füllten sich mit Tränen. »Dann stieß ich zufällig im Internet auf die Adresse eines amerikanischen Psychologen. Wir mailten – und er versprach mir, mein Problem zu lösen. Allerdings müsste ich für die Therapie nach Amerika fliegen, und die Behandlung würde auch viel Geld kosten.«

Laura merkte, dass sie vor lauter Anspannung die Hände ineinander krampfte.

»Zur gleichen Zeit begegnete ich Magister Horatius«, erzählte Darius weiter. »Er war etwas verwirrt und hielt mich für seinen Neffen Korbinian. Er bat mich, ihm zu helfen, einen wichtigen Schlüssel zu suchen. Ich tat so, als sei ich Korbinian, und folgte ihm. So erfuhr ich das Geheimnis der magischen Welt.« Er nahm seine Brille ab und fuhr sich über die Augen. »Horatius hat diese Welt geschaffen. Er führte mich durch seine Räume, und ich sah Hunderte von Zeichnungen, die als Grundlage für die Welt des achten Tages dienten. Horatius hatte das Rätsel der Zeit gelöst, und es war ihm gelungen, innerhalb des Achttags eine neue Welt zu erfinden und lebendig werden zu lassen. Ich sah die Entwürfe des Schlosses, des Parks und des Dschungels mit all seinen Geschöpfen – Flora und Fauna. Ich war vollkommen fasziniert.«

Er räusperte sich und fuhr fort: »Wir fanden den Schlüssel auf einem seiner Schreibtische, bedeckt mit Zeichnungen. Horatius war sehr erleichtert, als er wieder da war. Ich erfuhr, dass er mit dem Schlüssel ein großes Uhrwerk aufzog, das die magische Welt am Laufen hielt.«

Er vergrub sein Gesicht in den Händen und begann zu schluchzen, sodass Severin und Laura seine Worte kaum noch verstanden.

»Horatius erzählte mir auch, dass er in unserer Welt verfolgt wurde, weil er das Geheimnis der Zeit gelöst hatte. Deswegen war er auch in die magische Welt verschwunden, um sich zu verstecken. Anfangs switchte er noch zurück, dann nicht mehr. Doch seine Verfolger hatten trotzdem irgendwie von dieser anderen Welt erfahren.« Er räusperte sich. »Sie sind immer noch hinter ihm her.«

»Lassen Sie mich raten«, sagte Laura mit rauer Stimme. »Es ist TEMP. Vor allem Bernd Asshoff.«

Darius blickte auf. Sein Gesicht war verweint und rot.

»So ist es. Ich habe den Schlüssel gestohlen und ihm verkauft. Mit dem Geld wollte ich nach Amerika reisen.«

Eine Pause entstand.

»Sie wissen, dass Sie etwas sehr Schlimmes getan haben«, sagte Severin dann. »Obwohl ich Ihre Beweggründe natürlich verstehen kann.«

»Sie haben die magische Welt verraten«, stieß Laura aus. Sie platzte beinahe vor Wut. Sie hatte recht gehabt: Asshoff und seine Firma waren hinter der Welt des achten Tages her. Das Moskitospiel hatte er eingeschleust, um die Lilienstedts auszuspionieren und herauszufinden, was sie über den Achttag wussten. Laura schwirrte der Kopf, ihre Gedanken jagten einander. Und Magister Darius, dieser Idiot, hatte den Schlüssel einfach an den Feind der Welt verkauft, aus reinem Egoismus! Sicher, es war schwer, wenn man keine Fragen ertrug, aber es gab ja auch Berufe, in denen man kaum etwas mit anderen Menschen zu tun hatte – Buchhalter, Spieleprogrammierer, Tierpfleger, Romanautor …

Der Schlüssel war nun in den Händen des Gegners, und Magister Horatius musste sich mit dem Ersatzschlüssel behelfen. Wenn der richtige Schlüssel nicht zurückkam, dann würde die magische Welt immer instabiler werden und eines Tages ganz zusammenbrechen … Das durfte nicht geschehen!

Darius saß mit gesenktem Kopf da und schwieg.

»Ich glaube, wir sollten jetzt besser gehen«, sagte Severin zu Laura.

Laura zögerte. Einfach gehen? Ohne Magister Darius zu bestrafen? Am liebsten hätte sie Darius an den Schultern gepackt und geschüttelt, damit ihm bewusst wurde, was er Furchtbares getan hatte.

»Sie werden es Magistra Elisa sagen«, verlangte sie, als sie aufstand. »Sie werden alles gestehen. Und Sie werden uns helfen, den Schlüssel wiederzubekommen!«

Darius reagierte nicht.

Severin und Laura warteten noch einen Moment, aber

als Darius sich nicht rührte, verließen sie seine Wohnung und danach das Haus. Laura war froh, als sie wieder richtig durchatmen konnte.

»Er scheint nicht recht zu begreifen, was er getan hat«, meinte Severin. »Er hat viel Geld für einen alten Schlüssel bekommen. Aber dass er damit möglicherweise die magische Welt zerstört, ist ihm nicht bewusst.«

Laura nickte. Nachdenklich gingen sie zur Bushaltestelle.

»Ich frage mich, warum Asshoff ausgerechnet uns ausspionieren lässt«, sagte Laura. »Warum ahnt er, dass ich etwas mit dem achten Tag zu tun habe? Er und Mama waren bereits befreundet, bevor ich das erste Mal geswitcht bin.«

»Das ist schon sehr merkwürdig«, meinte Severin.

»Es ergibt alles keinen Sinn!«, murmelte Laura.

Oder doch?

Die Perücke in Mamas Schrank. Ihre Ähnlichkeit mit Magistra Elisa. Und hatte Papa nicht erzählt, dass die alte Villa einst einem hoch verschuldeten Uhrmacher gehört hatte?

Alles nur Zufall?

# Die Bedrohung

Das Wochenende bei Papa verging wie im Flug. Elias war erstaunlich friedlich. Laura beschäftigte sich viel mit ihm, um nicht immer über Magister Darius und den Schlüssel nachdenken zu müssen. Und über Asshoff und TEMP.

Papa hatte aus einem Nachlass eine alte Standuhr bekommen, die er restaurieren wollte. Es war eine hübsche Uhr mit wundervollen Schnitzereien. Leider funktionierte das Uhrwerk nicht mehr, und Papa baute es aus, um es durch ein anderes zu ersetzen.

»Hier«, sagte er zu Laura und Elias, »das dürft ihr zerlegen. Vielleicht könnt ihr mit den Zahnrädern eine Collage oder Ähnliches basteln.«

Elias war wie versessen auf das Uhrwerk. Mit einer unglaublichen Geduld löste er vorsichtig die kleinen Schrauben. Laura half ihm, wenn er mit seinem Gipsarm nicht gut zurechtkam. Dann lagen die Teile vor ihnen auf dem Tisch, und Laura musste an das dreitausendteilige Puzzle denken, dass sie in Asshoffs Büro begonnen und aufgegeben hatte.

»Brauchst du mich noch?«, fragte sie Elias.

Elias schüttelte den Kopf.

Laura holte sich aus ihrem Zimmer ihr Lieblingsmärchenbuch. Damit ging sie in den Garten und legte sich in die Hängematte. Als sie das Buch aufschlug, musste sie plötzlich lächeln. Severin und sie hatten die gleiche Vorliebe! Nichts war so schön, als zwischen Bäumen zu schaukeln, während das Laub und die Sonne ein Muster auf die Hängematte und auf den Rasen zauberten.

Am Abend lud Papa Elias und Laura in ein kleines Bistro in der Nähe ein. Elias trennte sich nur ungern von seinem Uhrwerk, das er wieder halb zusammengesetzt hatte, aber schließlich ging er doch mit. Es passierte nur selten, dass Papa mit ihnen essen ging.

»Ich habe einen größeren Auftrag in Aussicht, das muss gefeiert werden«, sagte Peter Lilienstedt, als sie im Bistro saßen und sich jeder bestellen durfte, was er wollte.

»Davon hat Mama schon erzählt«, erwiderte Laura. »Eine Kirche, richtig?«

Papa nickte. »Das Chorgestühl. Das sind die Bänke hinter dem Altar. Sie stammen noch aus dem Mittelalter. Früher saßen dort die Mönche.«

Laura und ihr Vater bestellten sich ein Knoblauchbrot und Elias einen Eierpfannkuchen mit Heidelbeeren. Es wurde ein gemütlicher Abend. Als sie nach Hause kamen, war Laura todmüde. Kein Wunder, sie hatte ja in der Nacht zuvor nur wenige Stunden geschlafen. Sie wollte in ihr Bett. Elias bestand darauf, noch ein bisschen aufzubleiben, um an dem Uhrwerk weiterzubasteln.

»Geh nur«, sagte Papa zu Laura. »Ich bleibe auch noch auf und bringe Elias nachher ins Bett.«

Am nächsten Vormittag hatte Elias das Uhrwerk fertig zusammengesetzt – und es funktionierte. Nicht nur Laura staunte.

»Das hast du toll gemacht«, lobte sie ihren Bruder.

»Super!«, meinte Papa.

Elias freute sich selbst am allermeisten. Es wunderte ihn, dass man das Uhrwerk nur einmal aufziehen musste und die Uhr dann eine volle Woche lief.

»Ganz ohne Batterie«, staunte Elias und wurde nicht müde, zuzusehen, wie die Zahnräder sich drehten. »Das ist fast wie Magie, oder?«

Laura zuckte zusammen und musste wieder an Magister Darius denken.

»Ja«, meinte Papa lächelnd, »beinahe.«

Als das selbstfahrende Auto Laura und Elias am Abend wieder in den Akeleiweg brachte, grübelte Laura vor sich hin. Wenn sie nur ihre Mutter besser kennen würde! Valerie könnte den Schlüssel vielleicht zurückholen. Sie war ja öfter bei Asshoff in dessen Privatwohnung, und irgendwo musste er den Schlüssel schließlich verstecken… Laura versteifte sich so auf diesen Plan, dass sie beschloss, Valerie alles über den achten Tag zu erzählen.

Doch als sie und Elias mit dem Aufzug in den achten Stock fuhren, öffnete Amy ihnen die Tür. Valerie Lilienstedt war nicht da.

»Tut mir leid, ich muss noch mal in die Firma«, hatte sie als Memo auf das 3-D-Telefon gesprochen. »Versorgt euch selbst, ja? Ich hab euch lieb. Küsschen!«

»Küsschen?« Laura runzelte die Stirn, als sie die Aufzeichnung abgehört hatte. Das sagte Valerie sonst nie.

Elias ging in sein Zimmer, und Laura befürchtete, dass gleich wieder die grässlichen Mücken herumfliegen würden. Aber nichts geschah. Elias kam wieder heraus.

»Du Laura, erinnerst du dich noch an das kaputte Uhrwerk, das mir Papa ins Krankenhaus gebracht hat?«, fragte er.

Laura überlegte kurz. »Na klar. Das habe ich in deinem Schrank versteckt, damit Mama es nicht wegwirft.«

»Ich kann es nicht finden.«

»Warte, ich helfe dir.« Laura ging in sein Zimmer und hatte die Schachtel im Nu entdeckt.

Elias strahlte. »Danke!«

»Du hast wohl noch nicht genug von Uhren?«, neckte Laura ihn.

Elias schüttelte den Kopf. »Das ist total spannend, Laura!« Glücklich setzte er sich mit der Schachtel an den Schreibtisch.

»Wie läuft es eigentlich morgen?«, fragte Laura. »Wolltest du nicht die zweite Ferienwoche bei Papa verbringen?«

»Ich hab's mir überlegt«, antwortete Elias, während er die Teile auf seinem Tisch sortierte. »In der Ferienbetreuung war es doch nicht so schlecht.«

»Okay.« Laura dachte mit Grauen an den kommenden Montag. Sie wollte nicht mehr zu TEMP gehen, dieser Firma, die es auf die Vernichtung der magischen Welt abgesehen hatte! Und sie konnte auch Asshoffs falsches Lächeln nicht mehr ertragen!

Es war kurz vor Mitternacht. Laura lag in ihrem Bett, Samson auf dem Kopfkissen neben ihr. Die goldene Taschenuhr hatte sie bereits um seinen Hals geschlungen, um ganz sicherzugehen, dass sie den Achttag diesmal nicht verpasste.

Nur noch wenige Sekunden …

Jetzt!

Der Boden begann zu schwanken, die Wände wurden durchsichtig, und Laura hatte ein flaues Gefühl im Magen. Es schien Samson ähnlich zu ergehen, denn er sprang auf ihre Brust, und sie schlang die Arme um ihn. Einen Moment lang verging Laura Hören und Sehen, dann fand sie sich in ihrem Stockbett im Viererzimmer wieder.

Ein Stein fiel ihr vom Herzen.

»Du bist wieder da!«, jubelte jemand. Es war Shirin. Sie stemmte sich hoch zu Laura und umarmte sie. Samson, der dabei ein bisschen eingequetscht wurde, protestierte heftig.

»Ich bin auch froh!« Laura spürte, wie ihre Augen feucht wurden. Dass sie die Mädchen so vermisst hatte! Und wie schnell diese magische Welt ein wichtiger Teil von ihr geworden war!

»Na, so außergewöhnlich ist es auch wieder nicht«, brummte Merle, die an der Fensterbank lehnte. »Ich habe gewusst, dass Laura uns nicht verlassen hat. Und – ta-ta! – ich hatte recht! Ich hätte mit euch wetten sollen.«

Sie drehte sich wieder um und blickte durch die Fensterscheibe hinaus in die Dunkelheit. »Weiß einer von euch, was das für ein komisches Vieh ist, das dauernd vor unserem Fenster hin und her fliegt?«

Shirin und Laura hüpften vom Bett und stellten sich neben Merle.

Lautlos glitt ein großes, geflügeltes Wesen vorbei, starrte kurz durch die Fensterscheibe ins Zimmer und flog davon, nur um gleich darauf wiederzukommen. Das Ganze wiederholte sich ein paar Mal.

»Wie unheimlich!« Shirin zog die Schultern hoch.

»Das ist nur Jonathan.« Laura hatte den Kalong erkannt. Ob Severin ihn geschickt hatte, um zu überprüfen, ob Laura wieder da war?

»Du kennst das Biest?«, fragte Merle.

»Ja. Es ist ein Flughund, und er gehört Severin.« Laura holte Luft. »Severin ist einer von den Jungs, die auch hier unterrichtet werden.«

»O, du hast dich also schon mit einem Typen angefreundet?«, wollte Merle wissen. »Ich sag's ja: Stille Wasser sind tief!«

»Ich hab ihn zufällig getroffen, als ich nach euch gesucht habe«, antwortete Laura. »In der Nacht, als ihr das Picknick gemacht habt.«

»Erinnere mich nicht daran.« Merle verdrehte die Augen. »Der Käse war so überreif, dass ich einen Hammer-Durchfall bekommen habe.«

»Keine Details, bitte!«, fiel ihr Shirin ins Wort.

»Wollt ihr die ganze Nacht aufbleiben?«, kam es vom gegenüberliegenden Stockbett. Anouk richtete sich auf.

»Ich hatte ein wahnsinnig anstrengendes Wochenende. Meine Freundin hatte Geburtstag, und die Party ging die ganze Nacht. Mit viel zu viel Bowle … Weiß der Henker, was da alles reingemischt worden ist. Ich kriegte jedenfalls Mega-Kopfweh, und jetzt brummt mir immer noch der Schädel.«

Es drängte Laura, ihren Mitbewohnerinnen von Magister Darius und dem gestohlenen Schlüssel zu erzählen. Doch dann unterließ sie es. Besser, sie und Severin redeten zunächst mit Magistra Elisa. Die Magistra würde am besten wissen, was zu tun war.

Laura kletterte in ihr Bett zurück und kuschelte sich in ihr Kissen. Samson war inzwischen verschwunden. Wahrscheinlich befand er sich schon wieder auf einem seiner Streifzüge. Im Schloss konnte er kommen und gehen, wie er wollte. Laura hatte den Eindruck, dass er dazu nicht einmal eine Tür brauchte. Vielleicht öffneten und schlossen sich die Wände für ihn, wer weiß? Hier war alles möglich!

Auch Shirin und Merle gingen wieder zu Bett. Im Zimmer wurde es ruhig. Bald hörte Laura nur doch die Atemzüge ihrer Mitbewohnerinnen.

*Warum sie wohl am letzten Achttag nicht gekommen ist?*

Das muss Shirins Gedanke sein, dachte Laura.

*Was ist mit diesem Severin? Ich hätte Laura ganz*

*anders eingeschätzt. Trifft sich heimlich mit einem Kerl …*

Merle.

*Diese verfluchte Bowle! Nie wieder trinke ich so ein Gesöff!*

Anouk.

Laura lächelte. Die Stimmen in ihrem Kopf waren so deutlich, dass sie sogar die einzelnen Tonlagen der Mädchen unterscheiden konnte.

Lauras Fähigkeit, die Gedanken anderer zu lesen, hatte sich offenbar seit dem letzten Achttag verbessert. Dabei war sie manchmal ganz frustriert gewesen, weil es nicht geklappt hatte. In der realen Welt schien es schwieriger zu sein als hier. Schwieriger, aber nicht unmöglich.

Einige Stunden später versammelten sich die Schüler und Schülerinnen im Innenhof zum Frühstück. Es war ein sonniger Tag, und auch die Service-Feen hatten sonnige Laune. Sie wünschten den Mädchen sogar einen guten Appetit, nachdem sie das Tablett auf dem Tisch abgestellt hatten.

»So ein Frühstück wünsche ich mir für jeden Tag!« Shirin griff nach einem knusprigen Croissant.

Laura langte nach der Marmelade. Sie bestand aus Beeren, die nur hier wuchsen, und schmeckte himmlisch.

Über dem Innenhof wölbte sich der blaue Himmel, und es hätte wie im Märchen sein können, wäre diese magische Welt nicht bedroht. Wer weiß, wann die nächste Turbulenz eintreten würde!

Laura hielt Ausschau nach Magistra Elisa, aber sie hatte sie an diesem Morgen noch nicht gesehen. Sonst ging die Lehrerin manchmal zwischen den Tischen hindurch und begrüßte die Mädchen und Jungen.

Das Frühstück schien sich diesmal in die Länge zu ziehen. Die Mädchen waren schon fertig, und die fliegenden Feen begannen, den Tisch abzuräumen. Normalerweise fand jetzt bereits der Unterricht statt, aber bisher war noch kein Harfenklang ertönt. Er kündigte immer das Ende der Pause beziehungsweise den Stundenwechsel an.

»Was ist denn heute los?«, fragte Anouk und sah sich um.

»Technische Panne«, witzelte Merle. »Passiert wohl auch in magischen Schlössern.«

Laura bewegte ihre Füße, die wie immer am Achttag in den unerträglich pinkfarbenen Pantoffeln steckten. Die Pantoffeln brachten die Trägerin ja immer rechtzeitig zu der nächsten Unterrichtsstunde. Aber jetzt verhielten sie sich still – ganz wie unmagische Pantoffeln.

Nicht nur die vier Mädchen, sondern auch die anderen Schüler und Schülerinnen wurden unruhig. Das Gemurmel im Innenhof nahm zu. Einige standen auf und steuerten auf die Eingänge des Schlosses zu, aber die Pantoffeln zwangen sie zur Umkehr.

»Sieht so aus, als sollten wir noch hierbleiben«, meinte Laura. Schon den ganzen Morgen verrenkte sie sich den Hals nach Severin, konnte ihn aber nirgends entdecken. Doch er musste da sein, weil sein Kalong in der Nacht herumgeschwirrt war.

Schließlich – als schon niemand mehr daran glaubte, ertönte der Harfenklang. Die Töne waren heute merkwürdig schräg. Sonst hatten sie eine harmonische, beruhigende Wirkung, aber jetzt fühlte Laura, wie sich ihre Haare sträubten.

Irgendetwas war anders als sonst!

Die Pantoffeln machten sich bemerkbar und drängten Laura zum Aufstehen.

»Aha, es geht endlich weiter«, meinte auch Anouk.

»Ich kann zwar nicht hellsehen, aber da ist etwas oberfaul«, bemerkte Merle, und damit sprach sie Laura aus der Seele.

Die Mädchen gingen, geführt von ihren Pantoffeln, zum Eingang ihres Turms Mercurius und von dort in ihr Zimmer. Samson stand mit gesträubtem Fell auf Lauras Bett, als wäre er gerade einem Geist begegnet. Seine Augen schimmerten hellgelb, und er fauchte. Mäxchen, Anouks Seidenäffchen, schoss wie wild geworden im Zimmer umher. Selbst Shirins friedliche Schildkröte Euphemia kratzte aufgebracht in ihrem Karton. Und Merles weiße Ratte Brutus war gerade dabei, eine der Pflanzen auf der Fensterbank völlig zu zerstören.

»Die Tiere spinnen!«, sagte Merle trocken und ließ sich auf ihr Bett fallen.

Shirin trat an die Fensterbank, um Brutus daran zu hindern, auch die anderen Pflanzen zu zernagen. Brutus schnappte drohend nach ihrer Hand, und Shirin zog sie erschrocken zurück.

»Sind denn alle von Tollwut befallen?«, rief sie.

Auch Laura hatte keine Ahnung, warum sich die Tiere auf einmal so sonderbar verhielten. Sie hob Samson vom Bett herunter und versuchte, ihn zu beruhigen. Es gelang ihr auch. Samson entspannte sich und begann sogar zu schnurren.

»Vielleicht ist wieder dieser komische Kalong am Fenster vorbeigeflogen«, vermutete Merle. »Da muss man ja Angst kriegen.«

Laura trat ebenfalls ans Fenster und hielt Ausschau nach Severins Flughund. Aber er war nicht zu sehen. Dafür entdeckte Laura etwas anderes. Ein Mann mit einem wehenden Mantel lief über den Brückensteg, der gerade ausfuhr. Nur ein- oder zweimal am Tag spannte sich die Brücke über den dunklen See, und das zu unregelmäßigen Zeiten. Der Mann schien es sehr eilig zu haben. Laura kniff die Augen zusammen. Sie war sich nicht sicher. Konnte es Magister Darius sein? Größe und Figur stimmten, und Laura hatte noch niemanden an der *Schule der Ewigkeit* gesehen, mit dem man ihn verwechseln könnte.

»Shirin, was meinst du? Ist das auf der Brücke Magister Darius?«, fragte Laura.

»Ja, kein Zweifel«, bestätigte Shirin.

Laura war irritiert. Sie hatte nicht angenommen, dass sich Darius Vollenweider nach seiner Tat noch einmal in der Welt des achten Tages blicken ließ. Sie war überzeugt gewesen, dass er mit Asshoffs Geld schnurstracks nach Amerika flog. Hatte er doch ein schlechtes Gewissen bekommen? War er zurückgekehrt, um alles wiedergutzumachen?

Aber so, wie Magister Darius rannte, sah es eher nach einer Flucht aus!

Außerdem hatte Asshoff ihm den Schlüssel bestimmt nicht zurückgegeben. Asshoff wusste garantiert, welcher Schatz ihm in die Hände gefallen war!

Es klopfte an der Tür, und Magistra Elisa trat ein. Sie sah sehr besorgt aus.

»Laura, kann ich mit dir sprechen? Unter vier Augen!«

»Ja, klar!« Laura setzte Samson ab und folgte der Lehrerin in den Gang. Sie starrte die dunklen Locken der Magistra an. War es eine Perücke oder nicht?

Magistra Elisa drehte sich um. »Weißt du, wo Severin ist? Ihr beide wolltet mich doch dringend sprechen.«

»Ich habe ihn heute noch nicht gesehen«, sagte Laura.

»Er kam heute früh in mein Büro, aber ich war leider nicht da. Deswegen hat er mir auf einem Zettel die Nachricht hinterlassen, dass ihr beide mit mir reden wollt.«

»Ja, es ist nämlich –«, begann Laura, doch die Magistra ließ sie nicht ausreden, sondern wies Laura an, ihr zu folgen.

»Magister Darius hat mich nämlich auf dem Weg zum Büro aufgehalten«, berichtete Magistra Elisa. »Er wirkte irgendwie völlig durch den Wind. Er murmelte etwas davon, dass er Severin suche und ihm etwas geben wolle.«

»Der Schlüssel«, sagte Laura sofort. »Er wollte ihm den Schlüssel zurückgeben, den er gestohlen hatte.«

»Was weißt du darüber?«, fragte die Magistra, während sie die steinerne Wendeltreppe hinuntergingen.

»Wir haben herausgefunden, dass Magister Darius den Schlüssel hat, den Magister Horatius vermisst«, erklärte Laura. »Magister Darius wollte ihn für viel Geld an jemanden von der Firma TEMP verkaufen, aber anscheinend hat er es sich jetzt doch anders überlegt.«

Die Magistra blieb so abrupt stehen, dass Laura fast in sie hineingelaufen wäre. »Woher weißt du, dass der Schlüssel vermisst wurde?«

»Severin und ich – wir haben den *Raum der Ewigkeit* entdeckt«, sagte Laura mit rauer Stimme. »Neulich in der Nacht, als Sie mich erwischt haben. Und … und wir haben auch gesehen, wie Magister Horatius das Uhrwerk aufgezogen hat.«

»Soso.« Magistra Elisa sah sie streng an.

»Das … das alles ist so wunderbar«, stammelte Laura. »Dass Magister Horatius diese Welt geschaffen hat – mit ihrer Magie und allem. Es ist der Wahnsinn!«

Magistra Elisa begann zu lächeln. »Schön, dass es dich so beeindruckt! Ich wünschte, alle hätten so viel Respekt und Bewunderung für Horatius' Schöpfung. Es ist unfassbar, was dieser Mann geleistet hat. Er hat sich alles bis ins kleinste Detail ausgedacht und umgesetzt. Und selbst jetzt, wo er schon so alt ist, wächst diese wunderbare Welt noch immer.« Ihre Augen leuchteten vor Begeisterung. Dann glitt ein Schatten über ihr Gesicht. »Das Verschwinden des Schlüssels hat uns große Sorge bereitet. Du hast die Turbulenzen ja selbst bemerkt. Der Ersatzschlüssel wurde nicht zur gleichen Zeit hergestellt wie das Uhrwerk, deswegen gibt es diese Störungen.«

Laura nickte.

Die Magistra presste die Lippen zusammen. »Magister Darius wollte den Schlüssel an TEMP verkaufen. Ausgerechnet!«

»Ja. Asshoff hat ihm viel Geld geboten.«

»Du kennst Asshoff?«

Laura spürte, wie ihr das Blut in den Kopf schoss. »Er ist mit meiner Mutter befreundet. Leider.« Sie schämte sich dafür.

»Du kannst nichts dafür«, sagte die Magistra sofort. »Die Erwachsenen gehen ihre eigenen Wege.«

»Ich wünschte, meine Mutter wüsste, wie er in Wirklichkeit ist.« Laura hatte einen dicken Kloß im Hals. »Er hat uns sogar ausspioniert. Trotzdem hat sie ihn nicht zum Teufel gejagt.« Tränen traten in ihre Augen. Es schmerzte jedes Mal, wenn sie daran dachte.

»Und du glaubst, dass Darius den Schlüssel zurückgeben will?«, nahm Magistra Elisa das eigentliche Thema wieder auf.

»Ich weiß es nicht.« Laura konnte sich nicht vorstellen, dass Magister Darius plötzlich ein so guter Mensch geworden war. Er hatte zwar damals bei ihrem Besuch mit Severin ein bisschen Reue gezeigt, aber das war etwas anderes, als zu Asshoff zu gehen und den Schlüssel zurückzuverlangen. Die Flucht über die Brücke war auch kein gutes Zeichen.

»Nun, wir werden sehen«, meinte Magistra Elisa. »Wir suchen Magister Horatius auf.«

Laura folgte der Lehrerin in den Keller. Die Treppe, die in die Tiefe führte, war nicht ganz so unheimlich und dunkel wie damals in der Nacht, als Laura ihre Freundinnen gesucht hatte. Es lag auch daran, dass Magistra Elisa ein weiches Licht umgab. Ihre Haut schien von innen heraus zu leuchten. Ein weißer Falter flatterte um sie herum. Magie!

Ich möchte diese wunderbare Welt noch besser kennenlernen, wünschte sich Laura aus ganzem Herzen. Asshoff darf sie nicht zerstören!

Sie kamen unten an und erreichten den Teil des Gewölbes, den Laura schon kannte. Hier strömte das Wasser des Sees durch die *Schule der Ewigkeit* – schwarz, unheimlich und leise gurgelnd. Magistra Elisa hielt Abstand vom Ufer und führte Laura durch ein Labyrinth von Gängen. Laura hätte sich hoffnungslos verlaufen, doch die Magistra schien sich bestens auszukennen.

Bald erkannte Laura den Gang wieder, in dem sie mit Severin gewesen war. Das blaue Licht. Die blauen Türen, in deren Mitte ein goldenes Symbol glänzte. Magistra Elisa blieb vor einer Tür stehen, die einen Turm zeigte.

»Magister Horatius, sind Sie da?«

Keine Antwort. Die Magistra klopfte noch einmal, diesmal lauter.

»Magister Horatius!«

Diesmal war hinter der Tür ein Geräusch zu hören. Ein Poltern, dann ein Stöhnen.

Magistra Elisa und Laura wechselten einen besorgten Blick. Dann drückte die Magistra die Klinke herunter.

Die Tür ging nicht auf. Sie war abgeschlossen.

# Darius' Rache

Magistra Elisa suchte in ihren wallenden Gewändern und brachte einen Schlüsselbund zum Vorschein. Sie probierte einige Schlüssel aus, bis sie schließlich den richtigen gefunden hatte.

Die Tür sprang auf.

Laura sah zuerst die helle Schreibtischlampe und den Tisch, der über und über mit Plänen und Zeichnungen bedeckt war. Erst danach entdeckte sie den umgefallenen Stuhl und die gekrümmte Gestalt, die am Boden lag.

»Magister Horatius!«

Die Magistra eilte auf den Liegenden zu. Laura sah, dass die Hände und Füße des alten Mannes mit Paketband gefesselt waren. Auch sein Mund war zugeklebt, sodass der Alte nur stöhnen und undeutlich lallen konnte.

Laura stellte den Stuhl auf, dann zerrten sie und Magistra Elisa den alten Mann vom Boden hoch. Er plumpste erschöpft auf die Sitzfläche. Die Magistra löste das Klebeband von seinem Mund, während Laura eine herumliegende, rostige Schere ergriff. Mit wenigen Schnitten befreite sie Magister Horatius von seinen Fesseln.

»Danke … danke«, murmelte der Alte und sah Laura mit seinen hellblauen Augen neugierig an. Seine Haut war unglaublich faltig und übersät mit vielen braunen Altersflecken, aber sein Blick war klar und lebendig.

»Wie geht es Ihnen?«, fragte die Magistra. »Tut Ihnen etwas weh? Ist etwas gebrochen?«

Der Alte wandte ihr den Kopf zu. Sein Mund verzog sich zu einem Lächeln. »Keine Sorge, mir ist nichts passiert, meine Liebe. Und in meinem Alter tut einem jeder Knochen weh.«

»Wer war das?«, wollte Magistra Elisa empört wissen. »Wer hat Ihnen das angetan?«

Magister Horatius schien angestrengt nachzudenken. »Dieser Dings … Der Name liegt mir auf der Zunge … Ich kenne ihn …«

»Magister Darius?«, fragte Laura.

»Kann sein«, murmelte der Alte. »Nein. Oder doch? Ich weiß nicht mehr.«

»Glaubst du, es ist tatsächlich Magister Darius gewesen?«, wandte sich die Magistra an Laura.

»Gut möglich«, meinte Laura. Die Flucht würde dazu passen.

»Vielleicht fällt es Ihnen ja wieder ein«, sagte die Magistra zu Horatius. »Ist der Schlüssel wieder aufgetaucht?

»Welcher Schlüssel?«, wollte der Alte wissen. Gleich darauf besann er sich. »Ach so, *der* Schlüssel! Irgendwo muss ich ihn hingelegt haben …«

»An manchen Tagen ist er klarer«, flüsterte Magistra Elisa Laura zu. »Das Erlebnis scheint ihm schwer zugesetzt zu haben.«

»Rede nicht so über mich«, beschwerte sich Magister Horatius. »Meine Ohren funktionieren noch gut, auch wenn mich mein Gedächtnis ab und zu im Stich lässt. Ihr könnt jetzt wieder gehen, ich habe noch zu arbeiten.«

»Aber ist wirklich alles in Ordnung mit Ihnen?«, vergewisserte sich Magistra Elisa. »Brauchen Sie noch etwas? Vielleicht ein Glas Wasser?«

»Das kann ich mir selbst holen, so alt bin ich nämlich noch nicht«, kicherte der Alte. Er wandte sich seinem Schreibtisch zu und begann, in den Papieren zu wühlen. »Ich muss die Eiswelt weiter ausbauen.« Er erwischte einen Bleistift und fing an zu zeichnen.

Magistra Elisa gab Laura mit dem Kopf ein Zeichen, dann ließen sie Magister Horatius allein.

»Ich muss Magister Korbinian über den Vorfall in Kenntnis setzen«, sagte die Magistra, als sie draußen waren. »Er soll wissen, was mit seinem Onkel passiert ist.«

Sie gingen den Gang zurück. Laura blieb vor der blauen Tür mit dem Unendlichkeitszeichen stehen. Dahinter befand sich der *Raum der Ewigkeit*.

»Darf ich da noch einmal hinein?«, fragte Laura. »Bitte! Es ist so wahnsinnig schön!«

»Gut, aber nur kurz.« Magistra Elisa benutzte wieder ihren Schlüsselbund und öffnete die Tür.

Erwartungsvoll holte Laura tief Luft – und schrie auf. Zwischen den riesigen goldenen Zahnrädern und umringt von goldenen Kugeln stand Severin. Während sich die Zahnräder und die Kugeln unablässig drehten, bewegte er sich nicht. Seine Augen waren weit aufgerissen, und seine Hände streckten sich in Abwehrhaltung aus.

»Grundgütiger!«, entfuhr es Magistra Elisa.

»Was ist mit Severin?«, stieß Laura aus. »Ist er tot?«

Die Magistra gab keine Antwort. Sie betrat den Raum. Laura folgte ihr.

Es war gespenstisch, wie Severin dastand. Es sah aus, als hätte ihn jemand in Wachs gegossen. Als Magistra Elisa ihn am Arm berühren wollte, wurde sie von einem unsichtbaren Kraftfeld daran gehindert. Das Feld umgab Severin wie ein Kokon. Niemand konnte ihn anfassen.

Laura presste vor Entsetzen die Hände auf den Mund.

Mit Severin war etwas Schreckliches passiert – aber was?

»Was hat das zu bedeuten?«, flüsterte sie. »Warum bewegt er sich nicht? Warum kommen wir nicht an ihn heran?«

Magistra Elisa schüttelte ihren Kopf. »Ich weiß es nicht. Ich kann es nur vermuten. Severin ist nicht tot. Er scheint mir vielmehr in einem Kraftfeld gefangen zu sein, in dem die Zeit stillsteht.«

Laura schluckte. Das hörte sich furchtbar an! Wie sich Severin wohl fühlte? Fühlte er überhaupt etwas? Und wenn die Magistra unrecht hatte und er doch tot war?

Ihre Augen füllten sich mit Tränen.

»Was können wir tun?«, wisperte sie. »Können wir überhaupt etwas tun?« Sie ballte die Hände zu Fäusten und begann zu schreien.

»Das war Darius! Bestimmt! Er hat Sie doch nach Severin gefragt, oder?« Sie weinte. Einen Augenblick lang hatte sie wirklich gedacht, Darius könnte den Schlüssel zurückgegeben haben. Was für ein Irrtum! Stattdessen hatte Darius Rache geübt. Erst an Severin, weil dieser ihn des Diebstahls überführt hatte. Und dann auch noch an Magister Horatius, diesem alten Mann, der sich kaum wehren konnte.

»So ein gemeiner Verbrecher!«, stieß Laura aus. »Wir

hätten ihn gestern der Polizei übergeben sollen!« Gleich darauf merkte sie, wie unsinnig der Gedanke war. Die Polizei hätte sich vermutlich totgelacht, weil Laura und Severin so einen Aufstand wegen eines alten Schlüssels machten.

»Ihr habt nichts falsch gemacht«, murmelte Magistra Elisa, die den Blick nicht von Severin abwenden konnte. »Ihr habt das Richtige getan.«

»Er ist vorhin über die Brücke gerannt«, sagte Laura. »Hätte ich doch reagiert! Aber ich habe mich nur gewundert, dass er nach seinem Diebstahl zurückgekommen ist. Ich konnte ja nicht ahnen, dass er sich an Severin rächen wollte.«

»Wenn du dabei gewesen wärst, hätte es dich auch erwischt«, meinte die Magistra. »Dann stündest du jetzt genauso da wie Severin.«

Laura überlief es kalt. Sie konnte sich nicht darüber freuen, dass sie noch einmal davongekommen war. Sie war verzweifelt wegen Severin. Am liebsten wäre sie in diesem Raum geblieben und hätte Severin zur Seite gestanden, bis jemand einen Weg gefunden hatte, ihren Freund zu befreien.

»Horatius wird ihm helfen, sobald er wieder einen klaren Kopf hat«, versicherte ihr Magistra Elisa. »Er hat die Macht über die Zeit.«

Laura nickte. Horatius war ein Genie, keine Frage.

Doch er war auch alt und sehr gebrechlich. Und sein Gedächtnis schien ja wirklich erhebliche Aussetzer zu haben. Keine guten Voraussetzungen, um Severin zu retten …

An diesem Achttag fand in der *Schule der Ewigkeit* kein Unterricht mehr statt.

Um die Mittagszeit rief Magistra Elisa eine Versammlung ein. Alle Schülerinnen und Schüler sollten sich im Innenhof des Schlosses einfinden.

Laura hatte ihren Mitbewohnerinnen inzwischen alles erzählt – angefangen von dem einzigartigen Schlüssel, der die magische Welt in Gang hielt, dem Diebstahl und dem Verkauf an TEMP bis hin zu Darius' schrecklicher Rache. Anouk, Shirin und Merle waren voller Mitgefühl.

»Wir werden diesen Darius finden«, schwor Merle. »Auch wenn er sich im tiefsten Dschungel versteckt hat. Wir werden ihn dort aufspüren und dann –«

»– werfen wir ihn den unheimlichen Wasserwesen zum Fraß vor«, schlug Anouk vor.

»Oder wir sperren ihn auch in so ein Kraftfeld, in dem die Zeit stillsteht«, meinte Shirin.

»Alles noch zu milde Strafen«, sagte Merle grimmig. »Ich verarbeite ihn zu Hackfleischbällchen und füttere Brutus damit.«

Shirin kicherte. »Meine Schildkröte ist leider Vegetarierin.«

Laura war nicht zu Scherzen aufgelegt. Sie musste dauernd an Severin denken. Die Mädchen versuchten, sie auf dem Weg zu trösten, und versicherten ihr, dass Severin sicher bald wieder gesund und munter sein würde.

Als alle Schüler und Schülerinnen im Hof versammelt waren, erschien Magistra Elisa zusammen mit Magister Korbinian, Horatius' Neffe. Horatius selbst tappte hinter den beiden her. Er schien sich von dem Vorfall etwas erholt zu haben.

Die Magistra schnippte mit den Fingern. Dort, wo die drei standen, erhob sich ein Podest aus dem Boden. Jetzt waren sie gut zu sehen. Magister Korbinian besorgte einen Stuhl für seinen Onkel, damit dieser nicht die ganze Zeit stehen musste.

»Liebe Mädchen und Jungen«, begann Magistra Elisa. »Leider sind unerwartete Umstände eingetreten. Eigentlich wollten wir euch in Ruhe ausbilden und euch viel Zeit bei der Entdeckung eurer Fähigkeiten lassen. Wir wollten eure Talente behutsam fördern und euch motivieren, auf eure neuen Kräfte zu vertrauen.«

»Nun ist alles anders gekommen«, fuhr Korbinian fort. »Unsere Welt ist inzwischen stärker bedroht, als wir dachten. Es gibt Menschen, die dafür töten würden, wenn sie wüssten, wie ein zusätzlicher Tag entsteht. Die Zeit ist ein großes Mysterium. Was vergangen ist, bleibt vergangen, und was die Zukunft bringt, wissen wir nicht. Das gilt jedoch nicht für denjenigen, der die Zeit beherrscht. Die Vergangenheit kann geändert werden, und es ist bekannt, was übermorgen passieren wird. Wer die Zeit beherrscht, hat eine so große Macht, dass man sie sich nicht vorstellen kann.«

Magistra Elisa ergriff wieder das Wort. »Die Firma TEMP, die sich schon auf der ganzen Erde ausgebreitet hat, ist unser größter Feind. Schon seit Jahrzehnten bedrängen sie unseren Magister Horatius, ihnen Einblick in seine Forschungen zu gewähren. Magister Horatius hat sich geweigert und auch auf den Nobelpreis verzichtet. Er weiß, dass seine Erkenntnisse ein größeres Risiko bergen als damals die Atombombe. Seine Forschungen dürfen niemals in falsche Hände geraten. Deswegen hat er die Welt des achten Tages geschaffen. Nicht nur, weil er sich so gerne Welten mit allen Einzelheiten ausdenkt, sondern hauptsächlich, um sich vor seinen Verfolgern zu verstecken.«

Horatius auf seinem Stuhl nickte lächelnd.

»Wir können davon ausgehen, dass TEMP inzwischen die Welt des achten Tages entdeckt hat«, redete Korbinian weiter. »Es ist nur eine Frage der Zeit, wann sich diese Leute einen Zugang verschaffen. Nicht nur Magister Horatius, sondern auch unsere magische Welt muss beschützt werden. Und jetzt kommt ihr ins Spiel!«

»Wir suchen acht Mädchen und Jungen, die sich mit all ihren Kräften für den Schutz unserer Welt einsetzen«, sagte Magistra Elisa. »Die Besten. Jeder von euch hat ein Talent oder wird es in Kürze entdecken. In der nächsten Zeit werdet ihr so hart trainieren wie noch nie. Wie gesagt, ursprünglich wollten wir es langsam angehen, aber da war uns noch nicht klar, wie viel TEMP bereits weiß. In ein paar Achttagen werden wir die Besten von euch herausgefunden haben. So viel vorab: Niemand wird gezwungen, seine Fähigkeit für uns einzusetzen. Ihr könnt jederzeit Nein sagen, ohne dass euch jemand als feige bezeichnen wird.«

»Wow«, murmelte Merle. »Das klingt ziemlich heftig. Eine Herausforderung ist es schon. Ich glaube, ich würde gern mitmachen.«

Laura dachte an Merles unheimliches Talent – an die Fähigkeit, zu heilen und zu verderben, zu töten oder Tote zu erwecken. Wenn Merle ihr Talent perfekt kontrollieren konnte, würde sie sehr mächtig sein.

Anouk sah auch so aus, als wäre sie gern unter den acht Besten. Shirin wirkte ein bisschen zögerlich.

Laura selbst war unschlüssig. Ihr Talent, die Gedanken fremder Leute zu lesen, war noch so unzuverlässig. Fliegen zu können wie Anouk oder Merles Begabung, das waren andere Hausnummern. Im Vergleich zu ihnen kam sie sich schwach und unbeholfen vor.

Andererseits war Severin in einem Zeitfeld gefangen. Sie musste ihm helfen, und das funktionierte bestimmt nicht, wenn sie jetzt den Schwanz einzog und kniff. Außerdem war sie wohl diejenige von allen Schülern, die Asshoff am besten kannte. Er und die Mitarbeiter von TEMP durften sich auf keinen Fall der Welt des achten Tages bemächtigen. Laura musste um jeden Preis verhindern, dass sie das Geheimnis der Zeit entschlüsselten und dann die Wochentage nach Belieben dehnten oder stauchten.

Also gehörte Laura auch dazu. Sie musste eine der Besten werden.

Magistra Elisa suchte von der Bühne aus ihren Blick und lächelte ihr zu.

Laura lächelte zurück.

Plötzlich fiel ein Schatten auf sie. Etwas Dunkles mit großen Flügeln flatterte um sie herum.

Jonathan, der Kalong. Severins Haustier.

Merle und Anouk schrien auf und wichen ein Stück zurück.

Der Flughund versuchte, auf Lauras Schulter zu landen, fand aber keinen rechten Halt. Seine Krallen verfingen sich schließlich in ihrem Haar. So blieb er kopfüber an ihr hängen.

Laura war zuerst sehr erschrocken, aber dann entspannte sie sich. Sie griff nach oben und streichelte die ledrigen Flügel.

Jonathans Augen sahen sie voller Vertrauen an. Er fiepte leise.

»Keine Angst, ich helfe Severin«, sagte Laura zu ihm. »Ich werde alles tun, damit dein Herrchen gesund und munter zurückkommt.«

Und das war ein Versprechen.

Der Kalong wich nicht mehr von Lauras Seite. Er war wie ein stummer Vorwurf und erinnerte Laura ständig daran, dass Severin unten im Keller in einem Zeitfeld gefangen war. Samson maunzte empört, als er sah, dass Laura einen Flughund mit sich herumtrug.

»Sei ruhig, Samson«, sagte Laura zu ihm. »Das ist Jonathan, und er gehört Severin.«

»Hast du vor, ihn mit nach Hause zu nehmen?«, fragte Samson misstrauisch.

»Keine Ahnung.« Laura öffnete ihren Schrank, nahm ein Kapuzenshirt heraus und wechselte ihr Oberteil. Jetzt konnte sich Jonathan an der Kapuze festhalten und musste sich nicht mehr in ihre Haare krallen.

Sie hockte sich auf ihr Bett und dachte angestrengt nach. Solange Severin gefangen war, würde er nicht in die Realität zurückkehren können, selbst wenn der

Achttag vorbei war. Seine Eltern würden ihn vermissen, in der Schule würde er fehlen …

Mir wird er auch fehlen, dachte Laura. Gerade jetzt, wo ich ganz dringend Verstärkung wegen Asshoff brauche.

Ihr Magen zog sich zusammen. Sie konnte doch nicht einfach nichts tun und abwarten, bis irgendjemandem eine Lösung für Severin einfiel! Wie konnte man ihn nur befreien? Laura hatte keine Ahnung von Kraftfeldern, in denen die Zeit stillstand. Am ehesten konnte vermutlich Magister Horatius helfen, aber Laura hatte nicht allzu viel Vertrauen, was seinen Gesundheitszustand anging. Er mochte ja ein Supergenie sein, aber er war auch sehr eigenbrötlerisch, und sein Gedächtnis hatte wohl die beste Zeit hinter sich. Laura nagte an ihrer Unterlippe. Dann gab sie sich einen Ruck, glitt von ihrem Bett und wandte sich an Merle, die auf der unteren Bettetage mit Brutus spielte.

»Merle, ich brauche deine Hilfe!«

Merle schaute auf. »Was gibt's?«

»Ich … äh … nur so eine Idee … Traust du dir zu, Magister Horatius zu behandeln?«, fragte Laura, während sie den Kalong daran zu hindern versuchte, seinen Kopf in ihre Achselhöhle zu stecken.

»Was verstehst du unter behandeln?« Merle zog argwöhnisch die Augenbrauen hoch.

»Er ist oft verwirrt«, meinte Laura. »Wenn er einen klaren Kopf hätte, könnte er Severin vielleicht helfen.«

»Aha, und deiner Ansicht nach bin ich jetzt für den klaren Kopf zuständig, wie?«

»Kannst du das?«

Merle dachte nach. »Es wäre vermutlich sehr leicht, Magister Horatius noch mehr zu verwirren«, murmelte sie. »Aber umgekehrt …«

»Du musst es einfach versuchen«, drängte Laura. »Es ist die einzige Chance, Severin zu befreien. Bitte!«

»Na ja, ich hab's nicht so mit *einzigen* oder *letzten* Chancen«, erwiderte Merle. »Das setzt einen so verdammt unter Druck. Such dir besser jemand anderen.«

»Merle, lass mich nicht im Stich!«, flehte Laura. »Du kannst es, ich weiß es.«

Merle zögerte. »Na gut«, willigte sie dann ein. »Aber mach mir keinen Vorwurf, wenn Magister Horatius vor unseren Augen tot umfällt. Oder wenn er nur noch wirres Zeug brabbelt wie ein Kleinkind.«

Laura schluckte und bemühte sich, die Schreckensbilder, die Merle eben erzeugt hatte, wieder aus ihrem Kopf zu bekommen.

Die beiden Mädchen machten sich auf den Weg. Niemand hinderte sie daran, und es gab auch nichts, das sie verpassten. An diesem Achttag war der sonst so geregelte Ablauf in sich zusammengefallen. Magistra Elisa musste sich wohl erst mit Magister Korbinian und den anderen Lehrkräften beraten, wie es nun weitergehen sollte.

An der Treppe zum Keller blieb Merle stehen. »Du weißt schon, dass es verboten ist, da hinunterzugehen?«

»Seit wann schreckt dich ein Verbot?«, gab Laura zurück. »Außerdem wüsste ich nicht, wo wir Magister Horatius sonst finden könnten. Er hat da unten seine Arbeitsräume.«

»Okay.« Merle ging voraus.

Es war finster, und Laura bereute, dass sie nicht daran gedacht hatte, eine Taschenlampe oder eine Kerze mitzunehmen. Nicht einmal ihr Smartphone hatte sie dabei, sonst hätte sie die Taschenlampenfunktion aktivieren können.

»Als ich heute Morgen mit Magistra Elisa hier war, hat sie geleuchtet«, erzählte Laura.

»Wie? Magistra Elisa?«

»Ja. Es war ein sanftes Licht, das aus ihrer Haut gekommen ist. Wie Biolumineszenz.«

»Praktisch. Das würde ich auch gern können«, kam von Merle, die unerschrocken weiter die Stufen hinabging.

Jonathan schlug ein paar Mal mit den Flügeln.

»Halt ruhig«, sagte Laura zu ihm. »Sonst stolpere ich noch und breche mir den Hals.«

Plötzlich nahm sie weiter unten einen Lichtschein wahr. Im ersten Augenblick dachte sie, dass Merle eine weitere Fähigkeit bekommen hatte und jetzt leuchtete wie Magistra Elisa. Doch dann bemerkte sie, dass Merle ihr Smartphone aus der Tasche gezogen hatte. Also doch kein übernatürliches Licht!

»Und wo müssen wir jetzt hin?«, fragte Merle, als sie unten angekommen waren.

Laura versuchte, sich an den Weg zu erinnern. Immerhin war sie schon zwei Mal hier unten gewesen. Da musste es doch möglich sein, den Gang mit dem blauen Licht zu finden.

»Ich glaube, hier entlang«, murmelte Laura und deutete auf eine Öffnung im Felsen.

Nach wenigen Metern erwies sich der Gang leider als eine Sackgasse.

»Zurück!«, rief Merle. Sie übernahm das Kommando, aber der nächste Gang, den sie wählten, endete genauso mit einer Mauer.

»Spaßiges Labyrinth«, knurrte Merle, während Laura immer ungeduldiger wurde. Auch Jonathan schien es hier unten nicht sonderlich zu gefallen, er schlug ständig mit den Flügeln. Als die Mädchen wieder ihren Ausgangspunkt erreichten, machte sich der Kalong los und flatterte durch das Gewölbe.

»Jonathan, komm zurück!«, rief Laura besorgt.

»Lass ihn doch«, meinte Merle. »Fledertiere lieben Höhlen, und das hier ist ja kaum etwas anderes.«

»Aber wenn ihm etwas passiert...«

»Dann bist du auch nicht dafür verantwortlich.« Merle deutete schräg nach vorne. »Versuchen wir mal den Gang da.«

Laura hoffte, dass sie diesmal in die richtige Richtung gingen. Immerhin endete der Gang nicht nach wenigen Metern, sondern verzweigte sich.

»Wir gehen nach rechts«, bestimmte Merle. »Hab ich dir schon gesagt, dass ich Irrgärten hasse?«

Der Gang verzweigte sich noch ein paar Mal, aber Merle schien instinktiv den richtigen Weg einzuschlagen. Vielleicht besaß sie auch ein besonderes Talent dafür, oder es war einfach nur Glück.

Plötzlich war auch Jonathan wieder da. Er flatterte erst um sie herum und dann voraus. Die Mädchen folgten dem Kalong und stießen endlich auf den gesuchten Gang mit den blauen Türen und dem bläulichen Licht.

»Wir hätten dieser Fledermaus gleich folgen sollen«, meinte Merle, während Laura nur einfach froh war, dass sie ihr Ziel gefunden hatten.

»Irre«, sagte Merle, als sie an den Türen mit den goldenen Symbolen entlanggingen.

»Ja, irgendwie magisch«, bestätigte Laura. Sie blieb vor der Tür mit dem Turmsymbol stehen und klopfte.

Keine Antwort.

Laura klopfte noch einmal. »Magister Horatius, sind Sie hier?«

»Wer ruft nach mir?«, ertönte eine brüchige Stimme. Magister Horatius kam gerade aus dem Raum mit dem *Yin und Yang*-Symbol. Er entdeckte die beiden Mädchen und steuerte auf sie zu.

»Ach, jetzt erkenne ich dich wieder«, sagte er zu Laura, als er näher herangeschlurft war. »Du hast heute Morgen meine Fesseln durchgeschnitten. Sein Blick richtete sich auf Merle. »Aber du warst nicht dabei.«

»Ich bin Merle«, stellte sich Merle vor.

»Und was wollt ihr von mir?«, fragte Magister Horatius. »Ich habe wenig Zeit, denn ich muss mit meinen Entwürfen der Eiswelt vorankommen. Also, wie kann ich euch helfen?«

Das war jetzt ein bisschen kniffelig. Laura konnte ja schlecht sagen, dass sie gekommen waren, damit Merle seinem schlechten Gedächtnis auf die Sprünge half.

»Mein Freund ist gefangen«, begann Laura deshalb und fing Jonathan auf, der sie anflog. »Ihm gehört dieser Kalong. Wir haben gedacht –«

»Was für ein schönes Tier«, sagte Magister Horatius und trat noch näher. Mit seinen runzeligen Händen berührte er Jonathan und streichelte sanft über die ledrigen Flügel. »Die Natur hat so wunderbare Geschöpfe hervorgebracht! Jedes hat seinen Platz. Flora und Fauna ergänzen sich harmonisch, aber leider zerstören die Menschen wissentlich oder unwissentlich so viele Lebensräume.«

Während er noch weiter über die Natur und die Rücksichtslosigkeit der Menschen redete, schlich Merle um ihn herum. Sie stellte sich auf die Zehenspitzen und hob ihre Hand, sodass die Handfläche einige Zentimeter über Horatius' Kopf schwebte. Laura sah, wie sich Merle konzentrierte. Sie konnte im schummrigen blauen Licht beobachten, wie von Merles Handfläche ein warmer goldener Schimmer ausging. Magister Horatius schien auch etwas wahrzunehmen, denn er stoppte seinen Vortrag. Sein Gesicht entspannte sich, er schloss die Augen und begann zu lächeln, so als würde er gerade eine wohltuende Massage erhalten.

Minutenlang ließ Merle ihre Kraft auf ihn einströmen.

»Puh, ich kann nicht mehr«, stieß sie dann aus und ließ ihre Hand sinken.

Magister Horatius öffnete die Augen. »Was ist mit mir geschehen? O, ich fühle mich so frisch und ausgeruht! Es kommt mir vor, als wäre ich wieder achtzehn Jahre alt! Wie kann das sein?«

»Ich habe Ihnen nur ein wenig den Nacken massiert«, antwortete Merle schlagfertig und legte wie zum Beweis ihre Hände in seinen Nacken. »Das wirkt manchmal

Wunder, gerade, wenn man immer so angestrengt am Schreibtisch arbeitet wie Sie.«

»Wie wahr, wie wahr!«, krächzte der Alte und drehte sich zu ihr um. »Du bist ein talentiertes Mädchen! Du musst mich öfter hier unten besuchen.«

»Das lässt sich vielleicht einrichten«, murmelte Merle.

Magister Horatius wandte sich wieder an Laura. »Also, was wollt ihr von mir? Ich glaube nicht, dass ihr nur gekommen seid, um mir den Nacken zu massieren. Was ist euer Begehr?«

»Severin«, sagte Laura, »er ist im *Raum der Ewigkeit* eingeschlossen. Er ist in einem Kraftfeld gefangen, in dem die Zeit stillsteht.«

Magister Horatius runzelte die Stirn. »Ja, ich erinnere mich. Magistra Elisa hat es mir heute Morgen gesagt. Wir haben beide schon überlegt, wie wir dem armen Jungen helfen können.«

»Und?«, fragte Laura gespannt. »Ist Ihnen etwas eingefallen?«

Der Alte kratzte sich am Kopf. »Ich muss mir den Jungen erst noch einmal ansehen.« Er ging voraus zu der Tür mit dem Unendlichkeitssymbol, holte einen Schlüsselbund aus der Tasche und sperrte auf. Die beiden Mädchen betraten hinter ihm den Raum. Merle stieß einen bewundernden Laut aus, als sie das riesige Uhrwerk mit den goldenen Zahnrädern sah. Die goldenen Kugeln drehten sich um das gigantische Ziffernblatt wie Planeten um die Sonne. Es war eine beeindruckende Konstruktion.

»Wie geil ist das denn! Wow! Das ist der absolute Hammer!« Dann zuckte Merle zusammen. Sie hatte Severin entdeckt, der noch in derselben Pose wie am Morgen dastand. Reglos. Wie eingefroren.

Laura bekam erneut eine Gänsehaut. Sie musste sich sehr beherrschen, um nicht loszuheulen.

Auch Jonathan hatte seinen Herrn entdeckt. Er stieß einen so klagenden Laut aus, wie Laura ihn noch nie von einem Tier gehört hatte.

Magister Horatius betrachtete Severin minutenlang. Laura konzentrierte sich und versuchte, seine Gedanken zu lesen, aber sie war innerlich zu aufgewühlt.

Was dachte er? Fiel ihm eine Lösung ein, wie er Severin helfen konnte?

Nach einer gefühlten Ewigkeit begann Magister Horatius endlich zu reden.

»Es gibt vielleicht einen Weg, aber er ist nicht ohne Gefahren.«

»Was können Sie machen?«, fragte Laura mit zitternder Stimme.

»Um das Kraftfeld zu zerstören, müsste man das Uhrwerk anhalten. Dann steht die Zeit in der ganzen Welt des achten Tages still.« Magister Horatius räusperte sich. »Wenn das Uhrwerk wieder anläuft, müsste sich das Kraftfeld aufgelöst haben, sodass der Junge frei ist.«

»Das klingt gut«, rief Merle. »Worauf warten Sie noch? Halten Sie das Uhrwerk an!«

»Ganz so einfach ist es nicht«, meinte der Alte. »Wenn die Zeit stillsteht, dann kann niemand mehr das Uhrwerk anstoßen, auch ich nicht. Das ist ein ziemlich großes Problem.«

Das leuchtete den Mädchen ein.

»Und wenn man einen Keil so ins Uhrwerk klemmt, dass er von alleine wieder rausrutscht?«, schlug Laura vor, obwohl sie sich mit Uhrwerken nicht sonderlich auskannte – wie die Bastelei mit Elias gezeigt hatte.

»Prima Idee«, lobte Horatius sie. »Allerdings unterliegt der Keil auch den Gesetzen der Zeit und wird sich keinen Millimeter zur Seite bewegen.«

Mist! Das Problem schien unlösbar. Lauras Verzweiflung wuchs. Jonathan schien es zu spüren und stieß einen zweiten markerschütternden Klagelaut aus.

»Außer vielleicht …« Magister Horatius runzelte die Stirn und dachte angestrengt nach. »Außer man versieht den Keil mit einer Extrasekunde.«

»Eine Extrasekunde?«, wiederholte Merle.

»Ja, mein Mädchen.« Der Alte lächelte glückselig. »Mit einer Extrasekunde habe ich damals angefangen.

Mit ihr gelang mir der Durchbruch. Sie war die Grundlage dafür, dass ich einen achten Tag erschaffen konnte.«

Er wurde mit einem Mal ganz emsig. Sie verließen den *Raum der Ewigkeit*. Magister Horatius begann nun, in seinen vielen Arbeitsräumen nach einem passenden Keil zu suchen. Nach einer Weile kam er mit einem Bleistift in der Hand zurück.

»Dieser einfache Stift hier tut es wohl auch«, kicherte er.

Laura befürchtete schon, dass Merles heilende Kraft bereits nachgelassen hatte, aber der Alte war noch klar im Kopf. Er freute sich nur wie ein Kind über seine praktische Lösung.

»Und wie kommt jetzt die Extrasekunde in das Ding?«, fragte Merle skeptisch.

»Ich lade den Stift in einer speziellen Vorrichtung auf, dann umgibt ihn ein Magnetfeld, das eine Sekunde einschließt«, erklärte der Alte. »Das klingt jetzt sehr einfach, aber es ist in Wirklichkeit hoch kompliziert. Doch die technischen Details müssen euch nicht interessieren.«

Hinter einer Tür, die mit einem goldenen Blitzsymbol gekennzeichnet war, befand sich ein Maschinenraum. Das Gespenstische war, dass alle Maschinen völlig lautlos arbeiteten, obwohl riesige Walzen in Betrieb waren und zahlreiche Hämmer auf Metallplatten einschlugen. Magister Horatius bemerkte Lauras fragende Miene.

»Ich habe den Schall zeitversetzt, weil mich der Lärm verrückt gemacht hat«, erklärte er. »Die Geräusche werden erst in 88 Jahren zu hören sein – und dann bin ich bestimmt schon stocktaub. – Oder es gibt mich nicht mehr«, fügte er schmunzelnd hinzu.

Er öffnete eine Klappe, steckte den Bleistift in einen Hohlraum und schloss die Klappe wieder. Dann mussten sie eine Viertelstunde warten.

»Eine Viertelstunde für eine einzige Sekunde?«, wollte Merle wissen.

»Ja, richtig, manches geht nicht so schnell«, antwortete Magister Horatius. »Ich arbeite daran. Früher dauerte es einen halben Tag.«

Schließlich konnte er den Bleistift herausnehmen. Er fasste ihn nicht mit den Händen an, sondern mit einem weichen Tuch, um das empfindliche unsichtbare Feld nicht zu beschädigen.

Laura erhaschte einen Blick auf den Bleistift, der noch genauso aussah wie zuvor. Der Alte trug ihn vorsichtig zum *Raum der Ewigkeit*.

»Ihr wartet besser hier draußen, bis alles vorbei ist«, meinte er. »Drinnen ist es noch gefährlicher. Ich kann euch nicht sagen, was passieren wird. Ich kenne nur die Gesetze der Physik und ziehe logische Schlussfolgerungen. Aber ob dann alles wirklich so wie erwartet abläuft, kann ich nicht garantieren.«

Merle und Laura wechselten einen Blick.

»Kann ich nicht mitkommen?«, bat Laura. Sie wollte unbedingt bei Severin sein.

»Ich auch«, sagte Merle. »Ich habe keine Lust, hier auf dem Gang zu warten, während es euch vielleicht in die tollsten Paralleluniversen katapultiert.«

»Na gut, ihr dürft mitkommen«, sagte Magister Horatius. »Aber macht mir keine Vorwürfe, wenn ihr hinterher vielleicht eure Körper getauscht habt.«

Laura im Körper von Merle?

»War nur ein Witz!«, kicherte der Alte. »Nun kommt schon! Bringen wir es hinter uns und befreien den armen Kerl!«

Sie betraten den Raum. Magister Horatius ließ eine Hand behutsam über die Zahnräder gleiten. Er suchte eine günstige Stelle, wo er den Bleistift platzieren konnte, damit das Uhrwerk erst stoppen und dann nach einer Sekunde weiterlaufen würde. Er prüfte drei Möglichkeiten und entschied sich dann für ein mittelgroßes Zahnrad, in dessen Kerben der Bleistift genau passte.

Laura hielt den Atem an, als Magister Horatius den Bleistift so einhängte, dass der Stift einen Moment später wieder herausrutschen würde.

»Jetzt drückt die Daumen! Drei, zwei, eins…« Er ließ den Stift los.

Mit einem letzten Klicken stoppte das Uhrwerk.

»Verdammt, es hat nicht funktioniert!«, schrie Merle. »Der Bleistift ist zu früh runtergefallen, er hat das Uhrwerk gar nicht richtig angehalten! So ein blöder Mist!«

Jonathan schlug wie wild mit den Flügeln, Laura konnte ihn kaum festhalten. Tränen schossen ihr in die Augen. Der Plan hatte so gut geklungen.

Magister Horatius richtete sich auf. »Es tut mir –« Er beendete den Satz nicht.

Severin bewegte sich. Er schob sich zwischen den Zahnrädern hindurch und trat vor Laura.

»Verflixt, kann mir einer sagen, was hier los ist?«, rief er. »Wo kommt ihr alle plötzlich her? Und wo ist Darius?«

Jonathan schwang sich mit einem kurzen Flattern an Severins Brust und fiepte. Laura weinte vor Glück und Erleichterung. Sie konnte nicht anders, sie musste Severin kurz umarmen.

»Ich bin so froh«, flüsterte sie.

»Was ist passiert?«, fragte Severin noch einmal, nachdem Laura ihn wieder losgelassen hatte. »Darius hat sich entschuldigt. Er bereut seinen Diebstahl und will den Schlüssel zurückgeben …«

»Ich fürchte, da irrst du dich«, sagte Laura. »Er hat dich reingelegt!«

Sie erzählte, was geschehen war. Severin konnte kaum glauben, dass er in einem Zeitfeld eingeschlossen gewesen war. Für ihn war während seiner Gefangenschaft ja keine Zeit vergangen, zwischen Darius' Trick und Severins Befreiung lag für ihn nur eine Sekunde.

Severin sah bestürzt aus. »Sagt mir, dass das alles nicht wahr ist.«

Magister Horatius wiegte den Kopf. »Ich befürchte fast, dass dieser Darius mehr über die Zeit weiß, als gut ist. Und jetzt kann ich mich auch wieder daran erinnern, wie er mich heute Morgen überfallen und gefesselt hat. Ich glaube, er hat auch eines meiner Notizbücher mitgehen lassen.«

»Von wegen Reue!«, sagte Laura. »So ein Verräter!«

»Wir sollten uns draußen weiter unterhalten«, meinte Magister Horatius und vergewisserte sich, dass das Uhrwerk wieder reibungslos lief.

Kaum hatten sie den Raum verlassen, fing der Boden an zu beben. Jonathan flog kreischend auf. Das blaue Licht im Gang flackerte und erlosch. Es wurde stockfinster, aber Laura schien plötzlich in der Dunkelheit sehen zu können. Sie erblickte einen Moment lang schleimige Kreaturen mit spitzen Zähnen und langen Fangarmen. Dann kehrte das Licht zurück, und sie befand sich wieder auf dem Gang. Doch die Wände waren zum Teil durchsichtig. Auf der einen Seite sah Laura ein Stück des Schlossparks, auf der anderen erhob sich das Wohnhaus aus dem Akeleiweg. All das währte nur wenige Sekunden. Dann war der Spuk vorüber. Zum Glück gab es diesmal keine Beschädigungen.

»Der Schlüssel«, jammerte Magister Horatius. »Ich brauche unbedingt den richtigen Schlüssel zurück, sonst wird alles noch viel schlimmer.«

Laura hatte das Gefühl, dass er wieder ziemlich verwirrt war. Die Turbulenz eben schien ihm heftig zugesetzt zu haben. Laura seufzte. Armer Kerl!

Severin drückte ihre Hand und sah sie an.

»Wir finden einen Weg, den Schlüssel zurückzuholen«, sagte er zuversichtlich. »Ganz bestimmt.«

**Marliese Arold,** Jahrgang 1958, wollte schon als Kind Schriftstellerin werden. Aus Liebe zu Büchern wurde sie zunächst einmal Bibliothekarin. Seit 1983 ihre ersten eigenen Werke veröffentlicht wurden, arbeitet sie als freie Autorin. Ihre Bücher kennt man in über 20 Ländern. Sie hat zwei erwachsene Kinder und lebt mit ihrem Mann in Erlenbach am Main.

# *Wie alles begann ...*

ISBN 978-3-96129-042-0
Hardcover, 240 Seiten, 14,5 x 21 cm
€ 12,99 (D) / € 13,40 (A)